Vem bestämmer egentligen?

av

Bert Edbom

© Bert Edbom 2017
Förlag: BoD – Books on Demand, Stockholm, Sverige
Tryck: BoD – Books on Demand, Norderstedt, Tyskland
ISBN: 978-91-7699-404-7

Kapitel 1

"Det är jag som är chefen," förklarade Torsten Mårtensson. "Det är jag som bestämmer." Torsten Mårtensson var avdelningschef på det större maskinföretaget MM Mekanik & Distribution AB. Man kallade oftast företaget bara för Mekanikbolaget, då det kändes långt och krångligt att alltid använda hela företagsnamnet MM Mekanik & Distribution AB. Det var som upplagt för att man skulle snubbla med tungan när man uttalade det. Mekanikbolaget tillverkade reservdelar till bilar, större fartyg, lastbilar, bussar och andra större maskiner och maskinanläggningar. Torsten hade fyllt fyrtioåtta år. Man kunde väl säga att hans karriär hade nått sin kulmen. Han skulle inte nå högre i sin karriär. Torsten var något kortare än medellängd och med en rätt ordinär kropp med en liten utskjutande kulmage. Alltså inte direkt vältränad. Han påminde rätt mycket om den engelska komikerfiguren Mr Bean. En Mr Bean men med betydligt mindre hår än Rowan Atkinson. Torsten funderade till och från på att skaffa sig en toupé. Men det hade ännu inte blivit något av det. På grund av hans likhet med Mr Bean så hade en del lite svårt att ta honom riktigt på allvar. Trots att han faktiskt ändå var avdelningschef.

Nu stod han framför den sju personer stora personalstyrkan som utgjorde hans underställda.

Avdelningen vars ansvar var att ha hand om olika typer av motorfilter. Det var luftfilter som oljefilter och vattenfilter av olika slag. Man ägnade sig dels åt inköp av färdiga filter, men också med beställningar för produktion av egenutvecklade typer av filter. Filter i olika storlekar och modeller.

Konferensrummet som man förfogade över hade beiga vävtapeter på väggarna och var tråkigt inrett med ett kvadratiskt konferensbord i ett ljust, lackat träslag. Bordet var slitet i kanterna och hade en del tydliga repor på ytan. Konferensbordet var omgivet av enkla vita plaststolar med kromade ben. Plaststolar som nu alltså var ockuperade av Torstens personal.

En av hans anställda, David Hellman, hade kommit upp med ett förslag om en ny leverantör. Han ville att man skulle byta ut en av deras befintliga leverantörer. Det var en leverantör som tillverkade en patenterat filterserie till olika fordon. De patenterade

filtren hade man på Mekanikbolaget själva
utvecklat. David Hellman hade lagt ett förslag
på en billigare leverantör som han hade hittat.
Hur han hade hittat på den här nya
leverantören yppade han inget om i sin
framställan.
I dagsläget hade man en svensk leverantör på
produktserien. En svensk leverantör som man
tills nu hade varit mycket nöjda med. Den
svenska leverantören höll hög kvalitet och var,
enligt Torsten mycket serviceinriktad.
Hellmans förslag var att man skulle byta till en
billig utländsk leverantör. En leverantör som
skulle vara mycket billigare. Men då det var en
egenutvecklad serie som man tillverkade och
när man dessutom var nöjd med nuvarande
leverantör, så var Torsten inte direkt jublande
entusiastisk över Hellmans förslaget. Han
tyckte faktiskt att det saknades en hel del
information beträffande den alternativa
leverantören. Fakta och information som han
ansåg måste tas fram och värderas innan man
skulle kunna fatta ett så pass drastiskt beslut.
David Hellman var en yngling med långt hår
och med en oftast orakad haka. Han gick
omkring i T-shirt och stentvättade Jeans.
Intrycket av David Hellman var att han kanske
var vänsterradikal och kanske miljöaktivist.

Men det var bara den yttre fasaden. Han var en sådan som egentligen, ville framstå som något unikt men ändå bara var en av alla andra i karriärsfåran. En som egentligen inte vågade göra uppror mot överheten, om man inte hade någon ännu högre i ryggen. Det var inte uttalat, men alla inklusive Torsten var mycket medvetna om att David underhöll Torstens chef, Edgar Olofsson med information om allt som hände på avdelningen. Kanske ett av hans alternativa metoder för att kunna komma vidare i sin karriär. Eller bara för att vara med en som satt lite högre upp, var lite tuffare och kanske med mycket mer pondus än hans närmaste chef Torsten Mårtensson.

David argumenterade för den nya leverantören. En leverantör som han ansåg vara ett bättre alternativ än deras befintliga leverantör. Han argumenterade aggressivt och med ett självförtroende som om han var helt säker på att få igenom sitt förslag. Som om han bestämde och kunde styra utfallet vad gällde inköpskanalerna.

En ledare är den som vet vad som är rätt och leder sina medarbetare rätt.

Torsten ansåg att det inte var rätt att byta
leverantör bara sådär. Så därför ansåg han att
det var bättre och vänta och om det kunde
kännas motiverat, möjligen undersöka vidare.
Inte bara byta leverantör utan att ha mer
uppgifter om den alternativa leverantören.
Torsten funderade på om David själv hade
kommit upp med förslaget, eller om det var
någon annan som ville få igenom ett byte. Hur
han hade han fått nys om den här leverantören
ville han som sagt inte avslöja. Hellman
undvek att svara på den frågan. Hade han
aktivt sökt på alternativa leverantörer för att
utmana Torsten? Det var i så fall inte första
gången som David försökte överflygla sin
chef. Det var rätt uppenbart att David inte
respekterade sin chef Tortsten Mårtensson.
Medarbetare accepterar ledare därför att de
respekterar och gillar eller beundrar honom.
Det gällde dock inte för David gentemot
Torsten.
Torsten hade en vag känsla av att David
försökte komma åt hans post som
avdelningschef. Torsten ansåg dock inte att
David skulle passa som chef. Han var inte rätt
typ. Han var inte den vägvisare som utmärker
en bra chef. Det kanske Torsten själv inte
heller var. Men han ville nog ändå tro att han

var en bättre chef och en bättre medmänniska och personaltänkande person än vad Hellman någonsin skulle kunna vara.

Torsten tyckte dessutom att Hellman var ganska gnällig. Det var nästan aldrig något som var bra. Ofta när Torsten eller någon annan kom upp med förslag på deras möten, så protesterade David. Alltid lite lagom gnälligt, som för att visa att han misstyckte. Som en gubbe som motsatte sig alla typer av förändringar. Något som dock inte gällde då han själv kom med mer eller mindre tveksamma förslag.

"Nu är det jag som bestämmer," upprepade Torsten.

"Nej du lilla gubben. Det är jag som bestämmer."

Torsten vände sig om. Där innanför konferensrummets dörr stod Torstens hustru Gabriella. En stor, blond kvinna med "fylliga lungor". En vacker kvinna, något längre och några år yngre än Torsten, hennes make. Det syntes att hon hade ägnat en stund denna förmiddag åt sin externa look. Både med sin Make-up och likaså med sitt klädval.

Torsten såg förvånat på sin hustru.

"Vad gör du här? Vi är mitt uppe i ett avdelningsmöte."

Gabriella log moderligt mot sin make.

"Lilla gubben. Jag behöver prata med dig." Hon såg på sin make med ett bedjande uttryck i sitt vackra välsminkade ansikte.

"Men vi är mitt uppe i ett avdelningsmöte," upprepade han.

"Jag behöver prata med dig. Gärna nu." Hennes röst var aningen mer bestämd. Torsten visste inte riktigt hur han skulle hantera den uppkomna situationen. Han höll just på att tappa ansiktet inför sina underställda. Det kändes inte bra. Han funderade på varför hon gjorde så mot honom. Men samtidigt förstod han att det var hennes sätt att få igenom sin vilja i något som hon plötsligt hade bestämt sig för. Hon visste dessutom allt om Torsten och hans avdelning. Hon visste allt om Torstens personal och även var och när de hade sina avdelningsmöten. Därför var det lite onödigt besvärande tyckte Torsten att hon inte kunde ha väntat med att tala med honom till efter avdelningsmötet. Detta var inte bra. Inte bra alls. Detta var dock första gången som hon hade trängt sig in mitt i ett avdelningsmöte. Hon brukade faktiskt inte besöka Torsten p hans arbetsplats. Så även om hon visste det mesta om Torstens arbetsplats och hans personal, så hade hon inte träffat så många av dem tidigare.

Torsten kände att han redan innan Gabriellas uppdykande , hade problem med sin pondus gentemot sin personal. Men han ville, eller vågade inte heller för markant protestera mot sin hustru.

I ett försök att ändå visa lite ledaregenskaper, en antydan till att han var den som bestämde, så pekade han, likt statyn av Karl XII, att de skulle gå ut och prata.

"Det får gå fort." Han vände sig mot sin personal. "Ni kan diskutera vidare utifrån agendan så länge."

"Lilla gubben. Klart det går fort. Det tar bara ett ögonblick." Hon log kärvänligt mot Torstens personal och vinkade glatt mot dem när de lämnade rummet.

Torsten och Gabriella ställde sig ute i den långa korridoren utanför konferensrummet.

"Vad vill du Gabriella? Du får mig att framstå som en tönt när du gör såhär."

Gabriella såg sorgset på sin man och rynkade lite kärvänligt på näsan.

"Lilla gubben. Det var inte min menig. Det vet du. Men nu är det såhär. Jag hittade en så fantastisk dress. En byxdress som jag kan ha som min nya arbetsdress. Verkligen supersnygg och fantastiskt billig."

Gabriella arbetade som assistent på ett bemanningsföretag. Hon hade en tjänst på bemanningsföretaget till sjuttiofem procent. Alltså inte en heltid. Trots att det inte var en heltid så ville hon vara fräsch och snygg på jobbet. Kläder och mode låg i hennes intressesfär. Så var det. Något som Torsten själv för egen del var mindre intresserad av. Men han var tvungen att erkänna att han tyckte om när hans hustru använde makeup och klädde upp sig i snygga kläder, som gjorde henne ännu mer attraktiv. Hon var ju, trots allt en vacker kvinna, som inte blev mindre vacker av att hon piffade till sig.

"En byxdress? Var kommer jag in i det?"

"Men lilla gubben. Den är lite dyr och den är precis i min storlek. Som sagt lite dyr. Eller egentligen inte dyr, men lite för dyr för mig. För mitt saldo, alltså. Saldot på mitt konto. Så jag tänkte. Ja, jag var liksom i krokarna. Så jag tänkte att jag kanske skulle kunna låna ditt kort?"

Torsten kliade sig på flinten och snörpte med munnen.

"Mycket dyr, inte dyr. Lite dyr. Hur dyr är det?"

"Lite dyr. Fast inte så dyr."

"Hur dyr är lite dyr, fast inte dyr?" Undrade Torsten.

"Lilla gubben. Jag vill inte säga det. Men det är inte över tvåtusen. Du kommer gilla den. Tro mig."

Någonstans i Torstens logiska hjärna sa en röst att hon talade om en dress för ett pris väldigt nära prislappen tvåtusen kronor . Väldigt, väldigt nära tvåtusen kronor. Men ändå inte över tvåtusen kronor.

"Det är faktiskt en fantastisk kostymdress. Sista exemplaret i min storlek också."

Han skulle kunna se den exakta summan på det kommande kontoutdraget. Det visste han. Då skulle det dessutom vara för sent att göra något åt det. Prislappen skulle förmodligen vara runt nittonhundra. Kanske nittonhundranittio kronor. Kanske till och med nittonhundranittionio kronor..

"Du vet att jag är så tacksam när du ger mig saker som jag vill ha." Gabriella log kärvänligt och blinkade med de båda ögonen mot Torsten. Så gled hon upp med sina stora bröst mot honom så att han blev trängd med ryggen mot väggen bakom sig.

Torsten kände att det kunde bli pinsamt om någon skulle komma förbi. Hon rörde dessutom sin kurviga kropp mot honom på ett allt annat än osexigt sätt. Det kunde bli än mer pinsamt kände han.

Han trevade mot bakfickan, vilket inte var lätt när han var trängd mot väggen. Så fick han tag i sin plånbok som han hastigt drog fram. Gabriella backade och Torsten fick fram ett kreditkort ur sin plånbok. Han såg allvarlig ut då han gav henne kreditkortet till sin hustru.

"Koden är...."

"Den kan jag älskling. Den kan jag."

Gabriella snodde åt sig kortet och vände på klacken. Trots att hon hade höga klackar på sina skor, skuttade hon bort i korridoren i bra fart med makens kreditkort i handen.

Torsten såg efter henne och suckade djupt innan han återvände till mötet med sin personal.

"Var var vi?"

"Den nya leverantören." Påpekade David som ville fortsätta med frågan om att byta leverantör. Han var fortsatt lika intensiv och ville inte släppa taget om den. Trots att hans

chef innan avbrottet gjort klart att det inte var
aktuellt med något leverantörsbyte.
Vad hade David Hellman för aversion mot den
befintliga leverantören? Vad Torsten kunde se
så var det endast argumentet priset, som talade
för ett leverantörsbytet. Inget om kvalitet eller
leveransförmåga. Möjligheter till rättelser och
service och den typen av frågeställningar.
Torsten var därför inte alls så säker på att ett
byta kunde ske, bara sådär. Inget av dessa
problemområden hade inte diskuterats.
Riskanalys, fanns inte heller. Torsten var alltså
helt klar med att det saknades underlag för att
fatta beslut om detta, som det var nu. Så han
fortsatte hårdnackat att förklara att han, som
chef, hade bestämt sig. Det skulle inte bli
något byta av leverantör. Inte i dagsläget i alla
fall.

Torsten tänkte just gå vidare i agendan då det
knackade på dörren. In klev Edgar Olofsson.
En bastant man på omkring en och åttio och
med en kroppshydda värdig en sumobrottare.
Edgar som alltså var Torstens chef, var något
över de femtio men hade fortfarande en kraftig
ljusbrun, nästan blond kraftig kalufs på
huvudet. Något som han mer än gärna
påpekade inför andra när den något mer

kalhuvade Torsten var närvarande. Han tycktes må gott av att roa sig på Torstens bekostnad. Edgar var allmänt bufflig och tog sig fram på ett både klumpigt och tyranniskt sätt. Framför allt mot underställda och jämlika. Däremot kunde han visa upp ett nästan ödmjukt lismande när det gällde kommunikationen uppåt i den organisatoriska hierarkin. Han hänvisade ofta till vad högre chefer hade sagt när han ville få tryck i det som han ville ha sagt. Om någon vid något tillfälle, inte nöjde sig med att han som i högsta grad bestämmande och något skräckinjagande chef, direkt fick igenom sina argument.

Torstens uppfattning om sin chef var allt annat än beundran. Han ansåg att Edgar var otrevlig buffel. En otrevlig buffel som saknade allmänbildning och hade total brist på intellekt. Torsten som själv hade en akademisk examen ansåg att Edgars förmåga att någonsin kunna studera på en akademisk nivå var näst intill obefintlig. Han antog att hans chef inte hade mer än grundskola att falla tillbaka på. Inget fel på det om man som chef är respekterad och kan skapa relationer med sina medarbetare. Men det kunde lätt konstateras att det inte gällde för hans chef Edgar Olofsson. Torsten kände sig till och med illa till mods då hans chef befann sig i samma rum som han.

Edgar var troligtvis redan i skolåldern en överviktig ung buffel med tydliga böjelser för mobbing. Kanske blev han själv utsatt för mobbing på grund av sin övervikt. Kanske också en av anledningarna till att han hade gillat att mobba andra. Om det nu var så att han hade gjort det. Något som Torsten inte hade något belägg för. Men han kunde tänka sig att den unga tunga Edgar, gett sig på de yngre och klenar ynglingarna i skolan.

Torsten kunde inte förstå hur Edgar hade lyckats med att avancera till en chefsnivå. Edgar var ingen ledartyp. Bara en chef. En sådan som bara bestämmer. Han delegerade när han inte förstod fullt ut och om det något gick fel så var det den underställdes fel. Gick det bra så tog han åt sig hela äran själv. Själv hade Torsten visserligen aldrig heller varit en ledartyp. Han var inte den som framhävde sig själv. Han försökte bygga en relation med sina medarbetare. Men det blev tyvärr oftast att han försökte agera chef. Kanske mest beroende på att han saknade pondus. Dessutom oftast med ett mindre lyckat resultat. Det var kanske inte hans kall.

Under skoltiden hade han varit bland de bättre i sin klass, vad gällde studierna och han hade klarat sina akademiska studier helt okay. Han hade haft målet att göra karriär. Kanske beroende på att han alltid varit den tystare plugghäst-typen. Den som aldrig blev vald bland de första när det gällde fotboll, brännboll eller något annat. Kunde bero på det varför han velat göra karriär. För att visa att han kunde.

Torsten blev nästan aldrig blev tagen på allvar. Säkert på grund av hans bristande pondus. Så han hade fastnat i det lägre chefsskiktet. Att han dessutom hade fått den otrevliga och allt annat än relationsskapande buffeln Edgar Olofsson som sin chef gjorde inte hans dagliga värv enklare.

Torsten kunde dock trösta sig med att även Edgar nog hade nått kulmen i sin karriär. Han skulle inte nå högre. Det var ganska uppenbart. Något som Edgar troligtvis själv dock inte förstod. Han trodde antagligen i sin enfald att han skulle kunna nå ända upp till översta toppen. Hur det skulle gå till fanns det dock ingen rimlig formel för.

Edgar hade sina "spioner" ute i organisationen. Det var infiltratörer som Edgar använde sig av för att försöka ha koll på organisationen. Han ville vara påläst genom att han kunde få inofficiell information från sina spioner. Om han visste saker, som han kanske inte borde veta och om han med sina spioner kunde påverka andra så skulle han kunna driva saker till sin egen fördel. Hans spioner var personer som han lyckats intala att han skulle ge högre positioner i framtiden. De utgjorde en inofficiell organisation i den befintliga organisationen. Det var väl egentligen inte så många som utgjorde Edgars spiongrupp. Det var bara några som fanns i hans egen och angränsande organisationsdelar. Vem av dem ville tacka nej till att spionera åt honom? Han valde sina spioner med omsorg. Risken att bli en av Edgar Olofssons hackkycklingar fanns ju alltid. Det var inget man valde om man som klenmodig anställd valde. Bättre då att spionera åt den kraftfulla chefen för att få bättre framtidsutsikter.

David Hellman på Torstens avdelning var naturligtvis en av Edgars spioner. En blivande underchef till Edgar. Ett sätt att ta sig upp i organisationen. Ett bra sätt? Rätt man på fel plats?

"Jag hörde att ni skulle ha avdelningsmöte. Jag tänkte jag skulle vara med."

Torsten nickade och svepte med handen över bordet mot en av de lediga stolarna längre bak. Han kände sig inte allt för väl till mods med att Edgar skulle delta i mötet. Han kände att hans auktoritet som chef skulle naggas än mer i kanten. Han visste att den stora feta Edgar Olofsson skulle leta felaktigheter eller luckor i Torstens möte som han kunde rätta till. Bara för att få utsätta Torsten för obehag och förlöjligande. En möjlighet att kunna bruka sina översittarfasoner. Visa på sin egen förträfflighet och framför allt makt. Visa att det var han som bestämde.

Edgar gick inte och satte sig vid konferensbordet som Torsten med sin handgest hade försökt antyda. Istället så stannade han kvar bredvid Torsten.

"Tänkte egentligen bara ta en sak."

Edgar kliade sig på bröstet under sin slips medan Torsten iakttog honom.

Han stod där i en grå kavaj och en blå slips. Samma gråa kavaj som han alltid bar.

Slipsarna kunde variera. Ibland den blåa som han hade nu och ibland en rödrandig och ibland en mörkgrå mönstrad sak. Men det var alltid samma gråa tråkiga kavaj. Hade väl svårt att få tag i fler i rätt storlek.

Han sög in luft mellan tänderna som om det satt matrester kvar där, samtidigt som han fortsatte att klia sig på bröstet.

"Hörde att ni tänkte byta ut en leverantör. Det var ett indiskt företag eller...?"

"Jo." Flikade David in. "Mycket billigare och med garanterat snabba leveranser."

Edgar vandrade runt bordet och ställde sig bakom David Hellman. Han la faderligt sina stora händer på Davids axlar. Sög in mer luft mellan tänderna.

Hans placering bakom David var som för att visa att han var Davids förtrogne beskyddare.

"Det tycker jag är ett bra förslag." Konstaterade Edgar. "Ett mycket bra förslag. Jag tycker att vi byter leverantör redan till nästa månad. Vad hette det nya företaget?"

"Tabata Services," svarade David med inte så lite självgodhet i rösten.

Torsten kände att han blev överflyglad. Igen!

"Men vad vet vi om kvaliteten? Kan vi inte börja med några provserier så vi vet. Vi behöver väl kontrollera att de kan leverera den kvalitet som vi kräver?"

"Kvalitet? Det är ett stort internationellt företag. Klart de levererar kvalitet," förklarade Edgar med ett leende.

"Men jag kan inte se att det finns något väl avvägt motiv till att fasa ut våran befintliga leverantör," försökte Torsten.

Edgar såg lite buttert på Torsten.

"Vaddå väl avvägt? Det blir mycket billigare. Det är motiv nog."

Han kliade sig åter på bröstet. Klappade David på axeln så gick han tillbaka och ställde sig bredvid den betydligt mindre Torsten Mårtensson. Han tog Torsten , som den översittare han var, i nacken med högerhanden. Så gjorde han, med vänsterhanden tummen upp mot David Hellman. Han blinkade med ena ögat och nickade mot David för att visa att, "där satt den".

"Från och med nästa månad skall vi ta tilläggsprodukterna från Badaka ......"

"Tabata Services," rättade David. Samtidigt som han nästan bet sig i tungan. Inte uppskattat av chefen Edgar att bli rättad. Speciellt inte sådär inför andra underställda.

Edgar vände sig mot Torsten.

" Se till att vi får detta ordnat till nästa månads leveranser."

Han vände sig åter mot personalen i rummet.

"Så, nu kan ni fortsätta erat lilla möte."

Han öppnade dörren och försvann ut ur rummet. Han lämnade rummet utan att stänga dörren efter sig.

Torsten tog tag i handtaget och drog långsamt igen dörren.

Han kände att dagens möte var slut redan vid första punkten. Först hans fru och nu Edgar.

Det var inte en av hans bättre dagar på jobbet. Torsten hade inte haft något större förtroende för David innan detta möte. Ännu en bekräftelse på det han redan anade, att David gärna gick bakom ryggen på honom för att få sin vilja igenom. Han undrade åter igen om förslaget kommit från David från början? Eller var det ett av Edgars egna idéer? Edgar skulle nog inte hitta nya leverantörer bara sådär. Det var han inte tillräckligt smart för. Så det var nog trots allt David som hade letat upp den alternativa leverantören. Presenterat förslaget för Edgar och fått okay på det.

Dagens skådespel hade nog inte varit så bra för Torsten. Davids respekt för Torsten var bra lågt innan, men nu hade den nog nått botten.

Torsten avslutade mötet så att alla kunde återgå till sina ordinarie arbetsuppgifter. Han kände att han ville försöka göra någon nytta. Vilket han inte kände att han gjorde just nu. Hans personal smålog bakom hans rygg och han kände sig mindre betydelsefull än på mycket, mycket länge. Han var trött. Väldigt trött och besviken. Han slog ut med armarna och lämnade konferensrummet.

Han vandrade bort till sitt kontor. Ett ganska litet rum. Bara två moduler stort. Vill säga två fönster ut mot gatan. Det var lika litet som hans underställdas kontor. Det normal för cheferna annars var att de hade tre moduler och vissa till och med fyra moduler. Han hade inte varit tillräckligt påstridig när de hade flyttat in i dessa lokaler. Han hade faktiskt inte varit speciellt påstridig. Edgar hade tilldelat honom ett vanligt två modulers rum. Vilket han, utan att protestera hade accepterat. Det var sannolikt ytterligare en av anledningarna till att hans personal inte visade den respekt för honom som han tyckte att de borde göra. Han kände att han hade det mesta emot sig. Men någonstans inombords så var han en kämpe. Han ville vara en kämpe. Eller var han inte det? Var det bara vad han inbillade sig och ville vara? En fighter som inte gav upp. Han var ingen kämpe.

En tanke på vad han lyckats med. Hade han lyckats med något över huvud taget? Han hade två underbara barn. Dottern Camilla och sonen Chester. De var hans ögonstenar. De var det bästa han hade. Där hade han lyckats. Han var också lyckligt gift. Hyfsat lyckligt gift i alla fall. Trots att Gabriella ibland körde över honom. Men han var egentligen ganska lycklig med henne. Hon var vacker. Så vacker så att män kunde vända sig om på gatan för att se efter henne. De hade ibland roligt tillsammans och de hade sina stunder.

Vad gällde jobbet hade han en gång i tiden för länge sedan haft en ambition att göra något bra. Att skapa bra saker och att kanske göra karriär. Något som han alltmer hade lagt på hyllan. Nu försökte han få varje dag att fungera. Han försökte fortfarande att göra ett bra jobb. Men ambitionsnivån hade sjunkit. Han kände att han många gånger inte hade det så lätt. Det blev ofta mer komplicerat än det skulle behöva vara. Det hände till och med att andra avdelning lånade personal av honom. Utan att han blev informerad om det i god tid innan. Inte ofta, men det hände. Det kunde resultera i att hans avdelning blev efter i sina egna åtaganden. Resultat, kritik mot honom och medföljande stress och tendenser till magkatarr. Så tanken på en karriär för att komma högre upp i hierarkin hade han i princip lagt på hyllan. Det handlade alltmer om att hålla huvudet över vattenytan. Minsta misstag så hade han sin chef Edgar över sig. Sluta som chef? Lönesänkning lockade ju inte heller.

Torsten var inne i sitt ekorrhjul med allt vad det nu innebar. Han levde i den befintliga situationen. Han jobbade på varje dag. Alltid en ny dag som var likadan som dagen innan. Fast ena dagen mer stressig än den andra. Ibland så stressigt och slitigt att det bara gällde att överleva fram till kvällen. Han försökte leva upp till sin roll som chef och ledare över sju mer eller mindre motiverade personer. Han var väl inte så lyckad som chef egentligen. Det var ju inte han som var chefen. Även om han sa det. Det var andra som satt med makten och bestämde. Så var det. Vem var det som bestämde?

Mekanikbolaget var i grunden ett helsvenskt maskinföretag. Ett företag med en hel del egen produktion och försäljning. Men också försäljning av andra tillverkares produkter inom vissa av de segment där man jobbade. Man hade också tillverkning av produkter till större produktionsanläggningar inom pneumatik och hydraulik. Mekanikbolaget var ett exportföretag och hade mer än sextio procent av sin försäljning utanför Sveriges gränser. Mestadels i de övriga nordiska länderna. Men man exporterade också till Tyskland, Österike och Italien. En mindre del också till de brittiska öarna.

Företaget var uppdelat i två försäljningsdivisioner. Två utvecklingsavdelningar samt en stor produktionsavdelning som var uppdelat på olika produktgrupper med fabriker på olika platser i landet.

Högsta chef på Mekanikbolaget var den snart femtioårige mannen Fabian Strömberg. Han hade varit på Mekanikbolaget i många år. Faktiskt nästan hela sitt yrkesverksamma liv. Från början hade han varit säljare. Men han hade med åren på olika positioner avancerat uppåt i organisationen. Nu innehade han alltså den högsta av alla poster i företaget. Han var verkställande Direktör. Ett jobb som han skötte väldigt bra. Man kunde i alla fall anta det då

Mekanikbolaget gjorde bra vinster år efter år. Vinster som fördelades broderligt mellan ägarna och företagets utvecklingsavdelningar och marknadsavdelning.

Kapitel 2

Edgar Olofsson satt på sitt kontorsrum. Han hade ett fyra modulers rum. Ingen hade sagt emot honom när de hade flyttat från de gamla lokalerna. Han hade bara satt sitt namn på dörren till en fyramodulare? Även om det hade funnits en och annan som hade haft synpunkter på det, så var det ändå ingen som öppet hade protesterat. Edgar Olofsson var egentligen en ensam människa. Hans liv bestod av hans jobb som mellanchef på Mekanikbolaget. Han var inte gift och hade aldrig varit det heller. Så inga barn där inte. Vad gällde kärleken så hade han testat några dejtingsajter. Han var ingen datornörd. Men han hade lyckats skapa konton på några dejtingsajter. Hans försök på dessa sajter hade blivit mindre lyckade. Egentligen rätt tafatta och misslyckade försök. Han gillade vackra kvinnor. Men han var inte någon charmör. Han gav ett lika buffligt intryck när han träffade vackra kvinnor som han visade sina underställda. Troligtvis beroende på hans ovana vid kvinnor.

Han hade försökt skaffat sig lite kärlek via plånboken. Fast det hade inte varit kärlek utan

bara sex. Något som han inte heller hade fått ut
någon större behållning av. Kärlekslös sex.
Hans försök att köpa sig kärlek hade för hans
del varit lika givande som när han på sin
kammare i sin ensamhet tillfredsställt sig själv.
Edgars bekantskapskrets var liten. Den bestod
av ett antal personer som delade hans
intressen, jakt och fiske. Han kallade sin
bekantskapskrets för "Grabbarna".

Jakten var hans absolut största intresse och han
gillade att visa upp sig med ett nedlagt byte. Ju
större dess bättre och ju mer macho tyckte han
själv att han var. Han gillade att vara macho.
En riktig karl. Han var riktigt stolt då han hade
nedlagt en stor kronhjort eller en tiotaggare till
älg, vilket dock inte hade hänt så många
gånger. Faktiskt aldrig. Tiotaggare är ju trots
allt inte så vanliga.

Den stora drömmen var att åka till Afrika för
att skjuta ett lejon, några gazeller och gärna en
eller två elefanter. Något som låg i hans
långsiktiga drömplan. Inte detta år. Men
kanske nästa eller nästnästa eller nästnästnästa
år.

När han och grabbarna hade sina
sammankomster och satt i bastun efter ett bra
jaktpass så brukade Afrika och de riktigt
äventyren komma upp på tapeten. Fantasierna

och drömmar om resor till Afrika och till andra spännande platser för att jaga och skjuta stora djur. Drömmarna var helt gränslösa. Speciellt när grabbarna hade fått i sig ett par snapsar och några öl och när värmen i bastun hade fått deras sinnen att spinna igång hjärncellernas fantasigener.

Grabbarna var ett gäng gubbar i Edgars ålder. Det vill säga mellan femtio och sextio. De hade känt varandra nästan hela livet. En var hantverkare med egen firma. Han var gift och hade barn. Men tyvärr inget lyckat äktenskap. Han levde, liksom Edgar, för att få umgås med grabbarna på fisketurer och jaktsessioner. Hantverkaren, som av de andra grabbarna kallades för Batman, hade en egen båt liggande i Trosa som de brukade ta sig ut med när de kände för att åka ut i den södra skärgården för att fiska. Det var en aluminiumbåt av typen Buster. En öppen båt på nästan sju meter med gott om plats för deras fiskeutrustning. Gott om plats både framför som bakom styrpulpeten.
En annan av grabbarna var mellanchef på ett mindre företag och befann sig i princip i samma sits som Edgar. Han hade varit gift. Ett äktenskap som hade spruckit i ett tidigt skede.

Inga barn där heller, precis som Edgar. Han lystrade till smeknamnet Ögat. Han hade kallats för ögat sedan tonåren. Han hade då, av misstag träffat en ung tjej i hennes öga med en slangbella. Det hade gått bra för henne. Hon hade inte förlorat synen eller så. Men det blev en riktig blåtira. Därefter fick han heta "ögat". Den fjärde och sista grabben var den enda som bara var anställd. Alltså den enda som inte var någon form av chef. Han jobbade som chaufför på ett företag som körde ut varor till livsmedelsbutiker. I jobbet körde han en lättare lastbil och trivdes ganska bra med sin tillvaro. Han var gift och hade fem barn. Då han var mest produktiv av de fyra, vad gällde barntillverkning och att han dessutom var minst av de fyra så fick han ofta gliringar av de andra tre. Han var inte bara liten. Han var nog den som, trots att han hade ett fysiskt arbete, var klenast av de fyra också. Så han kallades för Lill-Kalle.

Han var hyfsat lyckligt gift, vilket ytterligare ökade de andra tre grabbarnas vilja att trakassera honom. Egentligen var de nog rätt avundsjuka. Mannen som tycktes trivas med sitt jobb och som var lyckligt gift. Den klenaste. Den minsta skiten i sällskapet var den som också var den lyckligaste. Störigt!

Edgar satt vid sitt höj- och sänkbara skrivbord
med bokfanerskiva. Höjningsfunktion som han
aldrig använde. Han vräkte sig istället gärna
bakåt i sin breda och slitna skinnklädda
skrivbordsstol. Tillräckligt stor för att klara av
Edgars breda och tunga kroppshydda. Så
kliade han sig ofta på bröstet. Han tryckte in
sitt långfinger under slipsen och mellan
knapparna på skjortan och kliade sig på
bröstet.

På väggen bakom honom fanns tavlor från
hans mer lyckade turer med grabbarna. En av
bilderna visade honom när han stolt visade upp
en av honom uppdragen gädda på nära tio kilo.
En bjässe på en längd av närmare en meter. Ett
annat inramat kort visade honom stående på
knä över en skjuten kronhjort. Ytterligare ett
foto visar honom med grabbarna poserande
bakom en nedlagt älgko.

Edgar gick igenom sina mail när Peter
Lindgren, efter en snabb knackning på dörren,
klev in genom Edgars kontorsdörr. Han var så
snabb så Edgar inte hann bifalla entre till hans
arbetsrum.

"Men va fan.....". Edgar avbröt sig mitt i meningen. Peter Lindgren, ordförande för den fackliga organisationen på företaget. Peter Lindgren. Strax under de fyrtio. En vältränad före detta hockeyspelare. När han talade så framgick det klart och tydligt var han kom ifrån. Dalmålet var ymnigt utpräglat. Han hade spelat i högsta divisionen under några säsonger med Mora IK.

Hans kropp var vältränad. Och i hans ansikte syntes tydliga kindben och en kraftig orakad haka. En kraftig mustasch hängde slött under näsan. Längst uppe på knoppen hade han kraftigt cendrefärgat rufsigt hår.

Det var aldrig roligt att opponera sig mot den fackliga organisationen. Peter vara stentuff och kunde vara absolut helt oresonlig om man som chef började tjafsa med honom. Så när det gällde Peter och facket så var det till och med så att den burdusa Edgar vägde sina ord när det kom till att samspråka med dem. Speciellt med Peter. Han tassade väl inte direkt på tå för facket men han ville inte heller stöta sig med dem. De hade åkt ihop sig några gånger och Edgar hade hittills alltid fått krypa till korset. Så det gällde att försöka samarbeta.

"Jaha du Peter. Vad vill du då"? Edgar var ändå tydlig med att han inte tillhörde den

fackliga organisationens mest trakterade
supportrar.

Peter satte sig ner som om han ägde kontoret.
Han lyfte ena benet och satte foten mot ena
benet på Edgars exklusiva skrivbord.

Peters uppfattning om Edgar var väl ungefär
som Torstens. Han ansåg att Edger var ett
dumhuvud. Ett dumhuvud som han saknade all
respekt för. Att få sätta den stora klumpen på
pottkanten hade han absolut inget emot.

"Vad är det jag hör för nått?" Peter fråga lite
släpande med en klar brytning på sitt
utpräglade dalmål.

"Hör vadå," undrade Edgar?

"Ska ni börja göra affärer med Indien?"
Edgar hajade till. Vad hade den fackliga
organisationen med det att göra? Det var väl
ingen facklig fråga? Eller?

"Så är det tänkt ja."
Peter flyttade bort foten från skrivbordsbenet
och lutade sig fram.

"Vad är det för företag då?"
Edgar funderade ett ögonblick. Vad hade
facket med det att göra, tänkte han igen.

"Bataka....heter de. Vi tjänar pengar på att byta
till dem. Bra för alla. Bra för facket."
Peter tittade kritiskt på Edgar. Han putade lite
med munnen, så lutade han sig tillbaka.

"Bataka?"

"Bataka."

"Bataka...? Var det inte Tabata Services?" Edgar funderade. Bataka, Tabata...vafan samma skit.

"Jo, så hette de visst. Ja."

"Glöm det," svarade Peter direkt.

"Glöm det? Glöm vaddå?"

"Glöm det."

Tystnad. Peter tittade på Edgar samtidigt som han nickade lätt med huvudet.

"Glöm det." Upprepade han. "Tabata, alltså."

"Vaddå? Ba...Ba... eller ...taba. Faan! Vad menar du?"

"Vi motsätter oss ett leverantörsbyte. I alla fall i det här fallet. Thats it!"

Va fan menade han? Fick de inte byta leverantör? Edgar blev klart irriterad. Tankarna snurrade. Det kunde väl för helvete inte vara en facklig fråga?

Peter fortsatte.

"Vet du något om Tabata? Vet du hur de framställer sina produkter?" Han vilade lite med orden och tog in luft.

"Vet du det? Vet du något om företaget Tabata? Har någon av er som beslutar något någon aning om det här Indiska företaget?"

Edgars förvånade ansikte avslöjade att han nog inte visste något om det. Så han grävde med handen innanför skjortan och började klia sig nervöst på bröstet.

"Kunde tänka mig det," förklarade Peter.

Edgar hade ingen koll på det indiska företaget. Han visste ingenting om det här indiska företaget som han hastigt och kanske mindre lustigt hade bestämt skulle tillverka filter åt dem. Anledningen till att han inget visste, var nog egentligen för att han egentligen inte brydde sig om hur det fungerade. Bara det fungerade till rätt pris. Ärligt talat så sket han fullständigt i hur deras leverantörer skötte sin interna verksamhet, bara de kunde leverera. Edgar ville ju bara själv hamna i god dager. Det skulle han göra om han kunde påvisa besparingar. Väsentliga besparingar. Företaget skulle ju tjäna pengar på ett leverantörsbyte.

"Du vet inte ett skit om det företag som du avser att anlita för att producera produkter åt oss, eller hur? Skärpning Edgar. Skärpning."

Peter verkade vara på krigsstigen.

Edgar suckade och ruskade på huvudet. Vad var det fackliga problemet?

"Har du hört talas om barnarbete?" Fortsatte Peter.

Barnarbete? Vad pratade fackidioten om?

Barnarbete? Något som Edgar inte hade ägnat en tanke åt någonsin. Han hade hört talas om det och läst om det i tidningar och sett på TV. Men ...

"Barnarbete"? Sa han som om han inte förstod vad Peter ville komma till.

"Barnarbete". Fortsatte Peter. "Det är vad Tabata Services sysslar med. Barnarbete! Dessutom lär deras anställda ha dåliga löner. Fruktansvärt dåliga löner. För att inte tala om arbetsförhållandena. Vi talar inte om dåliga arbetsförhållanden. Nej, vi talar om riktigt urusla arbetsförhållanden. Arbetsförhållanden som är helt förkastliga."

Edgar lyssnade, men förstod fortfarande inte vad det hade med facket på Mekanikbolaget att göra. Han brydde sig ju inte över huvud taget inte om arbetsförhållandena på det indiska företaget. Han ville ju som sagt bara att hans avdelningen, eller framför allt han själv, skulle visa bra siffror. Något som man naturligtvis skulle göra om man kunde sänka kostnader. Något som skulle ge honom kredit hos ledningen.

Han hade bara hört David Hellmans argument. "Kostnadsbesparingar!" Det hade låtit så bra. Han funderade några ögonblick och försökte samla ihop sina tankar. Hur skulle han på ett bra sätt förklara för den där jävla fackpampen att det indiska företagets arbetsmetoder inte var något som bekymrade honom? Och att det omöjligt kunde beröra den fackliga organisationen i Sverige?

"Jo det ska jag säga dig". Fortsatte Peter på sitt utpräglade dalmål som om han hade läst Edgars tankar. "Vi har ingen kontroll på vilken kvalitet som kommer till oss. I förlängningen kan det medföra att vi tappar kunder. Tappar vi kunder så tappar vi produktion. Och det i sin tur kan i förlängningen kanske leda till att vi får friställa. Något som knappast ligger i vare sig i ditt, företagets eller mitt intresse. Inte bra. Inte bra alls. Därför motsätter vi oss tills vidare det här samarbetet."

Vad fan pratade karln om? Friställa bara för att man genomför ett litet leverantörsbyte. Det borde vara tvärtom. Billigare produkter större marginaler. Mer pengar in till bolaget.

"Vad snackar du för sörja? Och va fan har barnarbete och kvalitet med varandra att göra? Hur menar du"?

Peter var lugn som en filbunke. Tittade på Edgar. Log och slog ut med armarna.

"Har ni gjort någon kvalitetskontroll vad gäller Tabata?"

41

Det hade man inte gjort. Det var Edgar mycket väl medveten om.

"Ingen kvalitetskontroll. Så, tänk om vad gäller affärer med Tabata," fortsatte Peter.

"Dessutom, om jag ser det ur ett fackligt perspektiv, är det önskvärt att vi försöker påverka dem. I alla fall när det gäller barnarbete och arbetsförhållanden. Speciellt om vi tänker oss att ha en långsiktig relation med dem."

"Men deras sätt att sköta sin verksamhet är väl inget för den svenska fackliga organisationen?"

"Du vet våran ståndpunkt Edgar. Ta fram kvalitetsfakta. Innan det är gjort så motsätter vi oss allt samarbete med det där indiska företaget. Klart?"

Edgar var mållös.

"Om de pysslar med barnarbete, vilket jag har hört att de gör, så är inte det heller någon bra reklam för vårat företag. Det måste till och med du inse."

Han sa det med ett tonfall som om Edgar var mindre vetande. "Till och med du".

Han reste sig från stolen medan han betraktade Edgar som nervöst fuktade läpparna i ett försök att verka oberörd.

"Ta fram kvalitetsfakta. Annars kommer vi att vidta åtgärder. Det vet du."

Peter vände sig om och gick mot dörren där han stannade och vände sig om.

Med ett överlägset leende på läpparna sa han. "Ha en riktigt jävlig dag."

Dörren stängdes sakta, försiktigt och kontrollerat. Som om Peter inväntade en kommentar. Men den uteblev. Edgar bara tänkte. "Detsamma din jävla fackidiot". En tanke som dock inte uttalade.

Den, den, den där jävla dalmasen. Edgar ville inte trassla med facket. "Fan, satan helvete." Trassel med facket skulle inte se bra ut. Nödvändig information. Han kände att han måste få fram nödvändig information. Information om kvalitet från det där indiska företaget. Han måste få fram data som kunde tysta facket. Dessutom så gällde det att få fram det så snabbt som möjligt.

Det indiska företagets sätt att tillverka produkter på, kände han att han knappast skulle kunna eller ens ville påverka. Där skulle han eller Mekanikbolaget inte ha någon makt alls att kunna påverka. Det förstod han. Dålig reklam för företaget. Han behövde fakta. Problemet med att få fram kvalitetskontroll

skulle troligtvis ta dem mer än innevarande
månad. Han var alltså tvungen att stoppa det
som han hade dragit igång. Det kanske ändå
hade varit ett allt för snabbt beslut. Beslutet att
så snabbt byta leverantör. Torsten den mesen
skulle få återta den gamla leverantören tills
vidare. Det fick bli hans uppgift. Fan, var det
Torsten som hade anlitat facket? Hade den lilla
skiten gått bakom ryggen på honom.

Han slog kortnumret till Torsten som svarade
på tredje signalen.

"Hörru du Torsten! Du får som du vill. Plocka
fram kvalitetsinformation om produkterna från
Bataka eller vafan de heter innan vi genomför
affären med dem".

"Tabata Services"?

Bataka, Tabata.

"Självklart menar jag ...dom. Och se till att vi
får fortsatta leveranser från våran ordinarie
leverantör. Det får bli så tills vi har
kvalitetssäkrat produktleveranser från ...det där
indiska företaget".

"Men det kan ta månader och dessutom....".

"Tjafsa inte. Se till att det blir gjort. Det var ju
det du ville från början. Du skall veta att du
hare ett lojalitetsproblem. Lojalitet mot sin
chef är jävligt viktigt skall du veta."

Edgar var irriterad och han slängde nästan på luren.
Det där jävla facket. Dålig reklam för företaget. Barnarbete? Det måste kunna tystas ner. Skulle man kunna köra på och låtsas som man inte känner till det? Det kanske inte heller var sant, det som Peter sa. Det kanske bara var ett tilltag från fackets sida. Det kanske inte alls förekom barnarbete. Han måste få fram fakta. David Hellman, det var han som hade satt igång det hela. Han skulle få ta reda på fakta vad gällde arbetsförhållanden och annat på....det indiska företaget. Han skulle få jobba fram information.

Någon klok människa har sagt att en chef är en som är i behov av andra. Edgar var precis den chefen. Han var duktig på att prioritera sina egna mål utan en tanke på att stödja sina medarbetare.

Torsten förstod inte vad som hade hänt. Men han kände en viss tillfredsställelse. En tillfredsställelse trots att de nya uppgifterna troligtvis skulle medföra merarbete för honom. Den enfaldige Edgar hade backat på beslutet om att byta leverantör. Torsten var inte dummare än att han förstod att något hade kommit emellan. Han visste dock inte vad som hade dykt upp. Han visste inte att det var facket som hade lagt sig i. För det var ju inte han som hade dragit in facket i processen. Den skyldige var istället en Elin på hans avdelning. Elin, en tjugofemårig rödhårig liten och ganska tystlåten tjej. Men en tjej med ganska bestämda och orubbliga uppfattningar i frågor som låg henne varmt om hjärtat. Frågor som rättvisa och lika värde för alla. Hon var dessutom medlem i bland annat Amnesty International och Greenpeace. Även om hon liksom sina kollegor hade lite roligt åt sin inte allt för auktoritära chef, så var det viktigt för henne med att inte gå över gränsen. Dessutom mänskliga rättigheter var något som var viktigt för henne. Så när David hade kommit med förslaget om leverantörsbytet. Alltså att köpa delar från ett indiskt företag. Då hade hon direkt kollat upp det indiska företaget. Hon hade, inte oväntat, hittat en del frågeställningar om Tabata Services som det fanns anledning att granska. En del faktiska oegentligheter. Oegentligheter som hon tyckte stack ut allt för mycket. Därför hade hon kontaktat fackordföranden Peter Lindgren.

Från början hade han visat måttligt intresse för hennes argument. När hon så hade visat fakta för honom, så hade han ändrat sig och bestämde sig för att pröva argumenten på företaget. Då det dessutom var Edgar, som han hade haft en hel del duster med tidigare, som var den som han skulle argumentera mot, så hade inte det gjort hans intresse för frågan mindre.

Torsten stod inför ett problem. Han hade pratat med deras nuvarande leverantör Betalego AB om att man var inne på att göra ett leverantörsbyte. Ett byte till en billigare leverantör. Något som naturligtvis inte hade fallit i så god jord. En samarbetspartner blev plötsligt blev något av en motarbetarpartner. Det hade ju inte heller funnits något förhandlingsutrymme från Mekanikbolagets sida gentemot den befintliga leverantören. Edgar hade varit allt för tydlig med det. Man skulle bara byta leverantör.
Torstens dilemma uppkom nu när Edgar plötsligt böt fot och ville fortsätta få leveranser från Betaleg. Torsten skulle få kräla i stoftet och få dem om fortsatta med leveranser till Mekanikbolaget. Att det dessutom kanske ändå bara skulle vara tillfälligt var väl knappast ett argument som skulle få den befintliga leverantören att jubla. Han kände att det skulle

bli mycket arbete framöver. Mycket arbete, långa dagar och mycket förbittring från olika håll, för att han skulle få allt att fungera. Långa dagar och alltså en hel del övertid. Massor med övertid. Det förstod han. Han såg en stor risk i att hans tidigare magkatarr åter skulle göra sig påmind. En risk som var i den uppkomna situationen var uppenbar.

Magkatarr och i nästa steg magsår. Skulle hans hjärtat palla för det här?

All kommande övertid skulle betyda sena kvällar. Det var förvarning på hemmafronten som gällde.

Kapitel 3

För fjärde dagen i rad var Torsten sen hem från jobbet. Han parkerade bilen på sin plats utanför radhuset där familjen Mårtensson bodde Det var en gemensam parkering bara tiotalet meter från entrédörren.
Familjen Mårtensson bodde i ett radhusområde från sjuttiotalet. Det var tidstypiska radhus.
Det var i rader med hus som satt ihop i en lång länga med promenadstråk mellan längorna.
Framför varje husentré fanns en lite gräsplätt på ett tjugotal kvadratmeter.
Den gemensamma parkeringen fanns i början på radhusområdet. Där hade varje fastighet en egen plats som alltså ingick i radhusfastigheten.

Torsten öppnade den olåsta dörren och klev in i hallen.
Gabriella satt i vardagsrummet som låg rakt fram från hallen sett. Till höger om hallen låg köket och till vänster var trappen upp till övervåningen. Bredvid trappan fanns ett mindre rum som användes som gästrum.
Gabriella såg på någon dokusåpa på TV, så hon gjorde ingen notis av att Torsten kom in

genom ytterdörren. Barnen var, som vanligt inte hemma.

"Hallå". Ropade Torsten.

"Mmm, hej". Svarade Gabriella frånvarande.

"Nån mat?"

Utan att resa sig från soffan så svarade Gabriella.

"Tyvärr lilla gubben. Jag visste inte när du skulle komma. Barnen och jag åt varsin pizza".

Pizza tänkte Torsten.

"Köpte du ingen åt mig?"

"Sorry darling. Tänkte inte på det."

Torsten märkte att hon var så inne i dokusåpan så att hon just nu inte var vidare mottaglig för samtal.

Han öppnade skafferiet. Snabbmakaroner kanske? Vad fanns i kylen? En lite snutt på en falukorv. Det fick duga. Falukorv och snabbmakaroner.

Han lagade till sin mat som var klar på en kvart. Så satte han sig och åt. På med ketchup. Medan Torsten stoppade i sig av sin "lyxmiddag" så slutade dokusåpan. Gabriella anslöt sig till honom i köket.

"Det är möte i skolan nästa onsdag," förklarade hon.

Torsten svarade inte utan stoppade i sig den sista biten på korven.

"Jag skulle vilja att du går lilla gubben," kvittrade Gabriella.

"Skolmöte, jag? Varför då?"

Gabriella ställde sig bakom sin make och kramade om honom med ett starkt famntag runt hans hals.

"För att du är så klok och kunnig hjärtat. Det kommer vara flera lärare med. Och rektorn. Du vet att jag inte är så bra på sånt där."

Jaha, tänkte Torsten. Inte nog med att han satt uppe i skiten på jobbet. Nu skulle han också ta skolfrågorna.

"Dessutom," fortsatte Gabriella. "Så har jag bokat nästa onsdag med tjejerna."

Hon släppte honom. Gick runt bordet och satte sig mittemot honom. Hennes blick var bedjande och hon blinkade kärvänligt mot honom.

"Jag vet att du ställer upp. Du är ju en sån underbart snäll man och pappa." Hon avvaktade ett ögonblick. "Eller hur lilla gubben?"

Vad skulle Torsten svara? Nej, jag kan inte för jag måste jobba över. Han ville inte ens tänka på att försöka använda det argumentet. Skulle han motsätta sig att hon skulle ut med tjejerna?

Nej, knappast. Då skulle säkert kvällen vara
förstörd. Kanske till och med hela veckan.
Men måste någon verkligen gå på skolmötet?
Det brukade väl inte vara någon uppslutning
bland föräldrarna till den här typen av möten.
Så varför skulle de tvingas gå på mötet?
Gabriella tyckte dock att det var viktigt att de
engagerade sig i barnens utbildning. Argument
som Torsten naturligtvis inte kunde säga emot.
Nu när man skulle ha möte med lärarna,
rektorn och till och företrädare för
utbildningsenheten så var det kanske viktigt.
"Okay. Jag kan väl gå på det då," svarade han
lite trött. "Jag har lite mycket nu. På jobbet
alltså. Så jag känner att jag behöver sova. Så
jag går och lägger mig."
Så lomade Torsten iväg upp till sovrummet på
övervåningen, samtidigt som Gabriella
återvände till TV:n i vardagsrummet.

***

Skolmöte med lärare, rektor, skolstyrelsens
chef samt andra föräldrar. Man hade satt upp
stolar i skolans gymnastiksal. En fyrkantig
lokal på tjugo gånger tjugofem meter och med
högt till tak. Kanske fyra eller fem meter. Det

var ribbstolar efter ena sidan och vid ena gaveln fanns all gymnastisk utrustning som användes vid olika typer av gymnastiska aktiviteter.

De stolar som man dragit fram, bland annat från matsalen, var tänkta för en samling på uppåt sjuttio personer. Men det var, som vanligt från föräldrahåll dålig uppslutning. Där var bara ett knappt tjugotal föräldrar. Lärarkadern bestod av fyra lärare. De satt längst framme vid de två borden som hade satts ihop som en avlång kateder. De utgjorde panelen. Förutom de fyra lärarna så satt också rektor och skolchef vid katedern.

"Jag får hälsa er alla välkomna." Började rektorn. Han var en kraftig man med ett ljust kraftigt skägg och med en mörk auktoritär röst. Han hade små läsglasögon som knappt fick plats på hans kraftiga näsrot. Han tittade över glasögonen när han såg ut mot föräldrarna. Så fortsatte han.

"Vi har ett problem i våran skola." Han gjorde ett konstpaus. "Ja inte bara i våran skola. Utan faktiskt i alla skolor. Våra elever bestämmer mycket mer om sin egen vardag i skolan idag än de någonsin tidigare i historien har gjort. Så frågan för dagen är. Vem bestämmer i skolan och vem är det som skall bestämma?"

Det var tyst. Ingen sa någonting. Rektorn hade förmodligen förväntat sig en reaktion, eller hoppats på en. Men det var tysta och beskedliga föräldrar som hade kommit till dagens möte. Det var de föräldrarna som var intresserade av sin barn, men som i de flesta fallen inte hade någon speciell åsikt om hur skolan skulle skötas. De var som de flesta andra föräldrarna som litade till att man från skolans håll visste vad man gjorde.

Skolchefen, som var en medelålders kvinna med håret uppknutet i nacken, tog vid. Till skillnad från rektorns små glasögon, så hade hon istället gigantiska glasögon som nästan täckte halva hennes kinder. Att hon lyckades få glasögonen att sitta kvar på hennes minimalt lilla och smala näsa var ett under. Alltså, helt motsatt effekt jämfört med rektorns problematik. Hon med det lilla ansiktet bar stora glasögon, medan rektorn med det kraftiga, stora ansiktet bar läsglasögon som skulle passat på ett barn eller kanske på en större docka.

"Vi måste bestämma oss för vem som bestämmer," förklarade skolchefen. "Vi måste få klarhet i denna fråga inom ramen för skolverkets riktlinjer."

Hon såg engagerat ut mot föräldrarna.

Så fortsatte hon.

"Som det är idag så vet vi inte vem som bestämmer eller vem som skall bestämma. Är det eleverna? Är det lärarna eller är det föräldrarna. Kanske är det politikerna som skall bestämma?"

Hon gjorde ett uppehåll för att låta föräldrarna ta in vad hon hade sagt. En lång tystnad uppstod. Så såg hon ner i sina papper.

Är det lärarna som bestämmer eller är det eleverna eller....Torsten tyckte att det lät lite snurrigt. Men samtidigt så kanske det inte var så solklart.

Skolchefen fortsatte.

"Det här är ett arbete som vi påbörjar här och nu. Nu idag alltså. Men inom ramen för skolverkets riktlinjer. Vi kommer sedan göra samma upplägg på andra skolor. Så därför har ni nu möjligheten att komma med de första inspelen på hur vi skall ta tag i denna väldigt viktiga fråga. Vem bestämmer och vem skall bestämma?"

Skulle man här och nu komma överens om vem som skulle bestämma? Komma överens, bestämma, manipulera? Handlade det om manipulation för att få engagemang? Skolverkets riktlinjer? Vad var det och vad sa de?

Torsten tyckte det var ganska mycket oklart och hans engagemang för frågorna som dryftades var rätt mycket "inte".

Hans tankar var mer kvar på hans jobb, med allt vad det innebar, än inför valet att vara med och bestämma vem som egentligen bestämmer eller skall bestämma i skolan.

Hur skulle han få till det med leveranser till deras produktion. Man hade orderböckerna rätt fyllda så man behövde få leveranser från sina underleverantörer. En förlängning av produktionen med den gamla leverantören, Betalego AB, hade han trots allt lyckats få till. Men det var inte längre samma snabbhet och service som de hade varit vana vid. Som man hade haft innan diskussionen om att byta leverantör hade uppkommit. Mekanikbolaget hade redan börjat hamna i glapp vad gällde inleveranserna. Deras befintliga leverantör hade börjat se om sitt hus för annan produktion. Detta var en av anledningarna till att man inte längre la samma fokus på Mekanikbolaget. Torsten funderade på hur han skulle få ledningen att inse att nuvarande leverantör i dagsläget var det bästa alternativet. Men han insåg också att så länge som Edgar satt på besluten så skulle det säkert bli mycket svårt. Tänk om det skulle gå helt fel med leverantörsbytet. Tänk om det skulle gå helt fel för Edgar. Önsketänkande. Tänk om det skulle helt åt skogen för Edgar. Då skulle saker kunna ändras åt ett helt annat håll. Fast det är klart. Då skulle Edgar med stor sannolikhet skylla sina misslyckanden på Torsten. Han skulle säkert få skulden. Edgar var ju ofelbar.

Fanns det några alternativa lösningar? Kunde han hitta något annat sätt att få till det? Han kände ansvar för leveranserna. Men samtidigt kände han det som att han skulle genomföra ett handarbete med bakbundna händer. Omöjligt? Eller fanns det något annat sätt att komma runt, framför allt Edgar? Skulle han gå förbi honom och prata direkt med Amanda? Edgars chef.

"Grundtanken måste väl ändå vara att barnen går i skolan för att lära sig?" Det var en förälder som tyckte till. "Då måste det väl vara så att barnen bestämmer om vissa saker och lärarna om andra saker. Eller?"

"Om man inte lär sig i grundskolan så måste man ofta fortsätta studera som vuxen," konstaterade skolchefen. "Det finns undersökningar som visar på det."

Undersökningar som visade på att man måste studera som vuxen? Torsten lyssnade. Nu med ett plötsligt intresse. Studera som vuxen! Torsten släppte sina tankar på jobbet.

Studera som vuxen, tänkte han. Han kanske skulle börja studera nått som vuxen. Nått som han var intresserad av. Nått som han skulle känna passion för. Det fanns ju alla möjliga vuxenskolor, slog det honom.

Medborgarskolan, ABF, Vuxenskolan med flera. Vad var det för knäppa tankar han hade fått i skallen? Vad skulle han studera? Skulle han studera? Skulle han ha tid med det? Jobbet tog ju trots allt en stor del av hans tid. Ville han förkovra sig? Jo. Han kände att han ville studera!

Han funderade en stund medan debatten fortgick i gymnastiksalen. Det var en debatt som inte var speciellt livlig. Men ett och annat förslag och ett och annat tyckande framkom dock. Torsten bestämde med sig själv, där och då att han skulle kolla upp vad det fanns för vuxenutbildningar. Om det fanns något som skulle passa honom. Han skulle absolut gå vidare i den frågan. Det bestämde han i alla fall helt själv. Utan att fråga någon, skulle han kolla upp om det fanns något som han ville och skulle kunna söka till. Någon vuxenutbildning som verkligen intresserade honom. Det skulle han göra.

Väl hemkommen från skolmötet frågade Gabriella hur det hade gått. Vad hade man pratat om?
"Vem som bestämmer i skolan," svarade han.
"Men lilla gubben det är väl rektorn som bestämmer?"
"Det var inte så solklart," svarade Torsten. " Men jag tror inte man kom fram till nått."
Han hade ju inte direkt engagerat sig i debatten. Så han visste egentligen inte vad slutklämmen på debatten egentligen hade resulterat i. Hade man kommit fram till något? Det hade egentligen inte heller varit mycket till debatt. Det hade mest varit rektorn och skolchefen som hade talat. Hade man fattat några beslut?
Torsten hade faktiskt inte någon koll på det. Vem bestämmer egentligen? Är det någon som bestämmer eller är det bara vad man tror. Handlade det om mixtrande med åsikter för att

ha mandat att driva en fråga i en viss riktning?
Kanske.

Kapitel 4

Torsten hade börjat tappa fokus på verksamheten. Nu hade det mesta dessutom, hastigt och för Torstens del väldigt lustigt, löst sig på bästa sätt. Deras gamla leverantör skulle bli kvar åtminstone de närmaste sex månaderna. Det var nu helt klart. Hans envisa förhandlande med dem hade också inneburit att de hade sänkt priserna för sina leveranser. Detta i ett försöka att konkurrera med den alternativa indiska leverantören. De senaste dagarna hade de dessutom åter snappat upp servicen till den nivå som de hade haft tidigare. De ville verkligen vara med och konkurrera om leveranskontraktet med Mekanikbolaget.

De hade så länge haft kontakt med Mekanikbolaget och kände väl till Torsten, som de ansåg i grunden vara en god och ärlig person. Detta var troligtvis anledningen till att de efter ett antal samtal med Torsten nu ändå försökte göra sitt yttersta. Torsten hade varit uppriktig och hade förklarat att de från hans synvinkel sett var den givna huvudleverantören till dem. Men att besluten togs högre upp i Mekanikbolagets organisation. Så i ett försök att stärka Torstens position så backade de upp honom genom att ge bästa möjliga service.

Man kan analysera i dagar eller veckor. Det var vad Torsten hade försökt göra. Analysera hur han skulle hantera den uppkomna situationen. Men han hade bara ärligt och rakt talat med deras kontakt på Betalego AB. Så löste sig alla knutar som i ett trollslag. Ärlighet och enkelhet.

Torsten blev nu också en länk för Betalego in på andra avdelningar på Mekanikbolaget.

Torsten satt på sitt kontor. Han gick igenom kataloger och broschyrer. Det var kataloger och broschyrer från olika utbildningsföretag. Han hade börjat tänka tillbaka på hur det var när han var barn. Vad han hade varit duktig på och vad han hade tyckt varit roligt. Han hade varit rätt duktig på att tälja med täljkniv. Han hade ju faktiskt varit med i scouterna under en tid och där hade han skapat saker i trä. Riktigt fina saker ville han minnas. Vad han kom ihåg så hade han bland annat gjort en kniv med träskaft. Han hade även sytt en slida av läder till den egentillverkade kniven. Han hade gjort en träslev och han hade tillverkat en snygg träask. På den hade han skurit ut hyfsat snygga mönster i locket. Han kom också ihåg en del av alla de träbåtarna som han hade snickrat till. Inga supervackra skepp kanske, men ändå träbåtar som han hade släppt ner i en å i närheten där han hade bott som barn. Någon hade också fått guppa iväg ut på en sjö som familjen hade stannat till vid på en av sina vidlyftiga utflykter. Den hade flutit iväg med ett ganska stolt guppande. Det hade varit en träbåt med segelmaster, men utan segel, ville han minnas.

Så han var inne på att börja med att gå en snickerikurs. I katalogerna som han bläddrade igenom hittade han en snickerikurs. En grundkurs. Han hittade också en kurs i möbelrenovering. Det lät intressant. Möbelrenovering var något som han säkert skulle tycka om. Men också en kurs som skulle ställa stora krav om han tänkte sig att bli duktig på det gebitet, Han hittade också en annan kortare kurs om ådring av trä. Han ville egentligen helst gå alla kurserna. Samtidigt! Men de var ju inte gratis! Speciellt de lite längre kurserna var rätt så kostsamma. Dessutom hade han ett jobb att sköta. Ett jobb där han varje dag fortfarande var tvungen att kämpa för att hålla huvudet ovanför vattenytan.

Torsten kollade och kollade och kollade i katalogerna. Han betraktade priserna och vilka dagar han eventuellt skulle bli upplåst på om han valde någon av kurserna. Han hade svårt att bestämma sig. Väldigt, väldigt svårt. Vad skulle Gabriella säga? Skulle hon säga något? Varför skulle hon ha synpunkter? Han visste att hon säkert skulle ha det. "Vad skulle han med en snickerikurs till?" Hon skulle nog hellre se att han gick någon dyr kurs som kunde göra att han blev en högre chef med högre lön. Något som Torsten hade insett inte var rimligt. Något som dessutom inte heller lockade honom.

Torsten såg på materialet framför sig. Han hade gjort markering för det som han tyckte var intressant. Så la han undan katalogerna. Stoppade ner dom i en låda i skrivbordet. Han kände att han måste återgå till verksamheten. Den verksamhet som han faktiskt fick betalt för att sköta.

De närmaste dagarna tänkte han mycket på utbildningskatalogerna. De låg i en av hans skrivbordslådor på hans kontor. Hans tankar var nästan uteslutande fokuserade på lådan med katalogerna. En besatthet som han inte riktigt kunde bemästra. Blev hans dagliga arbete lidande?

Då och då, under lediga stunder tog han fram katalogerna och bläddrade i dem. Lediga stunder? Det fanns väl egentligen inte. Men han hittade dem ändå.

Han läste samma stycken om och om igen. Så la han tillbaka dem. Skissade lite i sitt rutblock på skrivbordet. Räknade på kostnaderna och rev sedan ut sina anteckningar och slängde dem i det runda arkivet under skrivbordet.

Så tog han fram katalogerna igen. Markerade det som han var intresserad av. Han drog över raderna med en rosa överstrykningspenna. Bläddrade i sidorna och la tillbaka dem i lådan.

Detta mönster pågick under ett par veckors tid. Men så en dag så hände det. Torsten tog mod till sig. Han gick in på datorn och skrev in alla sina uppgifter för en anmälan till en grundläggande snickerikurs. Han såg på sin anmälan. Höll handen på datormusen med pekaren på knappen för den slutliga bekräftelsen via datorn. Han väntade. Fuktade läpparna. Släppte musen. Återvände till sina uppgifter på bordet. Tog fram rutblocket. Räknade. Kollade på datorn. Tog åter tag i datormusen. Så tryckte han till på anmälarknappen. Det var som om det var ett av hans livs viktigaste beslut. Vad förväntade han sig? Att datorn skulle explodera? Men ingenting hände. Ingenting hände. Datorn funderade. Ett timglas snurrade. Så kom det upp på skärmen. *"Tack för din anmälan."*

Tack för din anmälan. Torsten log för sig själv. Det var ju lätt ju. Nu var han anmäld. Han kände sig väldigt tillfreds. Väldigt, väldigt tillfreds. Väldigt nöjd med sig själv. Han kände sig faktiskt lite upprymd och som om adrenalin hade sprutat ut i hans kropp.
Den här första kursen som han hade anmält sig till var på tio gånger. Det var bara en början. Men det var ändå en början.
Samma kväll förklarade han för Gabriella att han hade anmält sig till en snickerikurs.
"Men lilla gubben. Så roligt! När börjar du på den?"
Torsten blev förvånad över hennes reaktion. Han hade nog förväntat sig något annat. Men hon hade bara varit positiv. Hennes positiva inställning gav honom blodad tand. Han kände att han med lätthet skulle kunna anmäla sig till fler kurser.

***

Efter veckor av väntan, förväntan och spänd
förvirring så startade han på snickerikursen.
Redan vid det första tillfället trivdes Torsten
som fisken i vattnet. Han glömde både jobb
och familj.
När han stod där vid snickarbänken och
försökte skapa något. Något i trä, som han
tyckte var ett härligt material att arbeta i, så
var det som om han hamnade i en annan
dimension. Han var inte medveten om annat än
just det där och då. På kursen jobbade man
utifrån olika ritningar med olika
svårighetsgrad. Kursen innehöll också kunskap
om olika träslag och Torsten lärde sig en hel
del redan de tre första gångerna på kursen.
Han lärde sig om olika träslag och om olika
tekniker. Olika tekniker och verktyg för olika
träslag.
Olika träslag visade sig ha olika färger och
olika hårdhet, något som för Torsten och
många av de övriga deltagarna kanske hade en
aning om men som man normalt inte tänkte på.
Men nu fick de verkligen se och känna på
olika träslag. Furu, Björk och Ek. Men också
Ask, Körsbär och Lärkträ. Läraren gick också
igenom vad de olika träsorterna användes till
och hur tåliga de var mot exempelvis röta. Det

var alltså inte bara skillnad i hårdhet och färg. Utan det fanns andra egenskaper som skiljde de olika träsorterna åt också.

De som gick på snickerikursen var en blandning av människor. Tre kvinnor. Två i övre medelåldern och en ung kvinna på uppskattningsvis tjugo till tjugofem års ålder. Fem gubbar. Där alla var i övre medelåldern. Som Torsten alltså.

En av gubbarna, den kanske äldsta i gruppen var väldigt talför. Tyckte nog om att höra sin egen röst? Han talade oavbrutet och han var väldigt tydlig med vad han ville göra. Han hade en bild på ett soffbord med två lådor och en glasskiva. En bild som han hade klippt ut från en tidning. Inte direkt ett enkelt, nybörjarprojekt precis. Snarare ett väldigt avancerat soffbord att tillverka. Ett soffbord med eleganta lådor under själva bordsytan. Med sirliga detaljer. Mässingsutsmyckningar. Det var det han ville göra. Alltså ett soffbordet som han hade en bild på. Han gick en nybörjarkurs i snickeri och ville på den tillverka en väldigt komplicerad möbel.

Läraren förklarade att han som nybörjare knappast skulle hinna tillverka ett så pass avancerat bord på de tio tillfällena som de hade till förfogande. Men den talföra eleven

var inte bara talför. Han var också envis. Envis
och obändig som en tjurig get. Det resulterade
i att läraren, suckande, gav med sig och tänkte
låta den tjurskalliga geten få ett försök att
hinna tillverka det minst sagt utmanande
projektet som soffbordet på den korta tid som
de hade till förfogande. Kunden har ju alltid
rätt, eller?

Torsten var mest bara glad åt att få jobba i trä.
Han tog emot vad som erbjöds. Allt för att han
så gärna ville lära sig. Han tyckte bara att allt
var så otroligt roligt så han sög åt sig som en
svamp av kunskapen som erbjöds honom. Han
ville lära sig ordentligt innan han skulle
försöka ge sig på något mera avancerat. Om
det ens skulle bli något riktigt kvalificerat
någon gång i framtiden. Det tänkte han låta
tiden utvisa.
Efter det femte kurstillfället bestämde sig
Torsten för att gå om snickerikursen igen. Inte
för att han inte hade lärt sig något utan mer för
att han ville lära sig ännu mer och ville
repetera. Beslutet grundade han på att det just
då inte fanns någon fortsättningskurs.
Torsten ventilerade sina tankar med den gamla
läraren, som var en gammal snickare och
båtbyggare.

"Det måste vi väl göra något åt då."
Den gamla mannen log förnöjsamt. Tycktes gilla tanken på att få driva en fortsättningskurs. "Det skulle ge vissa av oss möjlighet att kanske bli klar med en del utmanande projekt. Eller hur?"
Han såg på den envisa "geten" som tänkte svara, men som förvånansvärt nog så avstod.
Han hade väl antagligen efter fem gånger märkt att han inte ens var mer än i början på sitt soffbordsprojekt.
Att han alltså hade varit allt för optimistisk till en början.

Förutsättningen för att få starta en fortsättningskurs var naturligtvis att han fick in tillräckligt många intresserade för det. Något som vid en första förfrågan tycktes vara utan problem. Alla svarade att de mer än gärna ville fortsätta efter de tio första gångerna.

Nu när Torsten hade hittat en hobby. En hobby som han verkligen gillade så kunde han inte låta bli att söka på nätet efter flera kurser.
Snart var han inne på de kurserna som han tidigare hade tittat på. En del rätt dyra. Men det var en som han kände att han inte kunde avstå från. Det var en kurs i möbelrenovering.

En kurs som skulle hålla på hela tjugo tillfällen. Han såg framför sig att han skulle lära sig massor på den kursen. Den låg, tidsmässigt, lite längre fram i tiden. Men han skulle ändå anmäla sig redan nu. Det var ju så enkelt. Tryck på knappen så skulle anmälan klar. Han skrev in allt på skärmen. Kollade sina uppgifter. Sög lite på tanken. Bet sig i läppen. Så tryckte på knappen. Klart! Samtidigt som han hade anmält sig så kände han att han redan längtade efter att få börja den kursen.

Kursandet gav Torsten en inre trygghet. En inre trygghet som han inte hade känt på många år. Han kände sig mer avslappnad och livet kändes plötsligt lättare. Han brydde sig mindre och mindre om problemen på jobbet och det kändes allt mindre och mindre viktigt för chefen att vara chefen som bestämde. Han började släppa allt fler beslut till sina underställda. Han fick samtidigt en känsla av att de respekterade honom mer än tidigare. Kanske var det så eller också var det bara en känsla han fick eftersom han kände sig mer och mer prestigelös. Han mer eller mindre nonchalerade sina uppgifter som chef.

När hans personal kom till honom med frågor som krävde någon form av beslut så ställde han motfrågan.

"Vad tycker du?"

Det innebar att någon annan fick ta beslutet. Samtidigt som han faktiskt som chef fortfarande var ansvarig för tagna beslut. Men Torsten tyckte att det kändes bra.

Han hade inga problem med det. Snarare tvärtom. Det som andra tog tag i blev oftast väldigt bra.

Han gick ett steg längre och bad David Hellman att hålla i deras avdelningsmöten.

Det var inte så att Torsten inte deltog. Men han lät David hålla i deras möten.

David blev både förvånad och glad när Torsten kom med förslaget. Han såg väl en möjlighet att lära sig vara chef. Han förstod inte vad Torstens avsikt var.

Torsten såg en möjlighet att avlasta sig själv samtidigt som han fick David, gnällspiken, att försöka ta sig an förslag och idéer från en annan vinkel.

Kapitel 5

Behövs en affärsplan och varför? Alla företag har en affärsplan eller bör om inte annat ha en sådan. I en affärsplan bryter man ner företagandet i olika delar. Man planerar långsiktigt, strategiskt.

Detta gällde även Mekanikbolaget. De gjorde sina affärsplaner med en inriktning på tre till fem års sikt. Nu var det några år sedan gällande affärsplan hade utformats. Alltså, det var dags för en ny affärsplanering, En ny affärsplan för de kommande åren. Stor baluns på extern lokation.

Stora delar av ledarskapet var samlade ute på Häringe slott. Man hade delat upp sig i grupper med chefer från olika avdelningar. Det innebar att Torsten inte skulle vara i samma grupp som sin chef Edgar. Edgar skulle inte heller vara i samma grupp som sin chef Amanda Heisel.

Amanda Heisel, en hård och bestämd medelålders kvinna. Fyrtio och några år. Torsten hade inte så mycket med henne att göra. Hon var lite, "damen som bara gled förbi utan att hälsa". Hon hälsade sällan. Ja, eller

nästan aldrig de gånger de råkade mötas i
korridoren.

Den grupp som Torsten ingick i skulle ledas av
Håkan Bård. En, som Torsten uppfattade, glad
prick. Han var chef för ett gäng ingenjörer som
utvecklade nya produkter och försökte skapa
nya nischer för verksamheten. Klädd i en trist
ljusbrun fiskbensmönstrad kavaj ovanpå en för
dagen förlegad mörkbrun polotröja. Han var
lite, klädmässigt, en sextio- eller
sjuttiotalsperson. Sällan eller aldrig klädd i
moderna eller färgsprakande kläder.

Mekanikbolagets chefer var samlade för att
spendera hela tre dagar ute på Häringe slott för
att utveckla en ny långsiktig affärsplan. Man
skulle jobba i grupper om sju till åtta personer
i varje. Nästan hela ledarkadern var på plats.
Nästan alla, utom det absolut högsta hönset.
Eller var det tuppen i hönsgården?
Verkställande direktören Fabian Strömberg.
Han befann sig istället på resa till Maldiverna.
Semester med sin familj och sin mor, sas det.
Men tanken var förstås att han naturligtvis
skulle ta del av vad man skulle komma fram
till under dessa dagar.

Torsten såg sig runt i sin grupp. Vilka kände han sedan tidigare och vilka hade han tilltro till?

Inga okända ansikten men å andra sidan inte heller någon som han kunde påstå att han kände speciellt väl.

Affärsplanering. Det var väl egentligen inget som för tillfället lockade honom. Inte speciellt mycket eller faktiskt inte alls. Affärsplanering? Fanns det mening i affärsplanering? Eller var det bara en lek med förslag och en möjlighet för cheferna att komma bort från kontoret och få möjligheten att leva gott några dagar på företagets bekostnad?

Torsten funderade medan man samlade sig för den första uppdelningen.

Klart att affärsplanering var bra och viktig. Det gjorde ju att man kunde ta tankar, idéer kostnadsaspekter och annat till en mer konkret nivå. Målsättningar utan planering kunde ju trots allt leda till önskemål och drömmar. Önskemål utan realistisk förankring i verkligheten. Att man inte var på kontoret var också ett sätt att få till fokus. Hade man varit kvar på kontoret så hade deltagarna inte kunnat fokusera till hundra procent på affärsplanen. Nu, ute på Häringe, fanns inte samma möjligheter att smita ifrån för att sköta ordinarie jobb parallellt med affärsplaneringen.

Torsten kände sig dock inte så engagerad i det just nu. Han hade gärna jobbat på som vanligt, hemma på kontoret. Kanske skulle man trots allt lyckas komma fram med nya smarta idéer med den nya affärsplanen.

"Härligt! Alla är samlade ser jag. Hoppas alla känner varandra. ."
Det var Håkan Bård som hade tagit tag i taktpinnen, precis som det var planerat. Så fortsatte han.
"Framför er på borden ligger det en agenda. Den gäller bara idag. Så vi får se hur vi ligger till ikväll. Därefter får vi passa in morgondagens agenda efter hur vi ligger till ikväll."
Det lät alltså som om Håkan räknade med kvällsarbetet.
"Som ni ser så är det fika vid nio och trettio. Lunch vid tolv. Det är väl de tiderna som vi kan börja hålla oss till. Några frågor?"
Inga frågor.
"Härligt! Då kan vi sätta igång. Vi skall försöka få fram de bästa och viktigaste punkterna till affärsplanen. Eller hur?"

Gruppen befann sig i ett konferensrum med namnet Alwac. Det var i alla fall vad det stod på dörren utanför. Det var ett rätt tråkigt rum med två fönster längst bak i rummet. Ett rakt och stelt konferensbord som sträckte sig genom hela rummet. Konferensbordet var omgivet av raka högryggade stolar.

Eftersom Håkan var ledare för den gruppen som Torsten ingick i så befann han sig längst fram i konferensrummet.

"Jag tycker att vi skall försöka jobba efter en demokratisk process. Det innebär att allas synpunkter skall beaktas. Tycker ni det låter bra?"

Gruppen nickade instämmande utan kommentarer.

"Vi skall komma fram till gemensamma beslut som vi alla, så att säga kan stå för. Det ska liksom bli bra uppslag och förslag till. Till, alltså, till företagets totala affärsplanering, liksom. Håller ni med?"

Nya nickningar från gruppen. Inte direkt något bejublat engagemang.

Håkan som stod längst fram hade bakom sig ett blädderblock på en trebent stålställning. Han vände sig mot blädderblocket, på vilket stod "Välkomna". Han vek bort första sidan, över blädderblocket, som stod på den trebenta benställningen. På den följande sidan hade han i förväg ritat upp en kvadrat.

"Vi skall liksom jobba utifrån ett kubistiskt perspektiv." Förklarade Håkan. "Det gäller att, så att säga, fylla de fyra linjerna i kuben med innehåll."

Torsten lyssnade intresserat.

"Vad vi alltså skall göra är alltså att liksom finna fyra viktiga fokusområden."

Lite mumlande mellan gruppens medlemmar, där Torsten inte kände sig delaktig. Han kände sig som en utomstående betraktare. Han visste inte sin roll i gruppen.

Gotlänningen Svenne Paulsson var den först kom ett uttalande förutom Håkans framläggande förklaringar. Svenne Paulsson kom med ett förslag. Hans röst var lite gäll och hans gotländska dialekt hördes väl igenom även om hans den delvis var utslätad och försedd med ett rikssvenskt språk och ljud. Svenne Paulsson var lagerchef. Vad Torsten visste om honom, var inte mycket. Men han uppfattade ändå Paulsson som en ganska trevlig person, som alltid försökte få det att fungera för såväl sina kunder som för sin personal. Han var ingen av de högra cheferna, utan hade bara tre personer under sig på lagret.

"Jag tycker att vi kanske skall titta på rutiner. Det fungerar väl inget vidare med våra rutiner idag?"

En del av de övriga i gruppen nickade instämmande. Även Torsten kunde hålla med om att rutiner var något som man behövde se över. Så han var också med på det förslaget.

"Medarbetarfokus". Föreslog en annan av cheferna, Astrid. "Utan goda medarbetare så blir våra affärer inte bra. Hur kan vi utveckla medarbetarna?"

"Det är bra," tyckte Svenne och de övriga nickade instämmande.

Nu började diskussionen komma igång och några olika förslag på hur man skulle lägga upp det kom fram.

"Vänta lite nu. Vänta lite nu". Det var Håkan som avbröt det som nästan var på väg att bli ett engagemang och en debatt.

"Det är väldigt bra förslag. En del rutiner kanske inte fungerar. En del kanske sker ad hoc, så att säga. Men är det rätt fokusområden?"

Han tystnade och såg på gruppen.

"Är det, liksom rätt fokusområden? Vad är rätt fokusområden?"

Gruppen tittade på Håkan. Rätt fokusområden?
"Det är viktigt att vi tänker rätt här," Fortsatte
Håkan. "Vi har, så att säga bara fyra
fokusområden. Så det gäller att vi liksom
fokuserar på rätt saker."
Han vände sig åter till blädderblocket och vek
undan bladet med kvadraten. På den följande
sidan var det skrivet med stor blå text.
"FRAMTIDSFOKUS".
"Jag skulle vilja börja med detta fokusområde.
Ska vi, liksom kunna överleva på sikt så måste
vi liksom se på hur vi skall agera framåt,"
förklarade Håkan Bård.
"Jag anser att det är en av de viktigaste
frågorna som måste med in i kuben."
Han tog ett papper som låg framför honom på
bordet och viftade med det i luften som för att
övertyga gruppen om att han hade fakta om
detta i sin hand. Han satte blicken på pappret,
som för att snabbt ögna igenom det, så sa han.
"Enligt denna rapport från Whitney & Pratt så
är det framtiden som gäller nu. De säger bland
annat följande."
Nu läste han direkt från papperet.
"Companies have to look forward and focus
on what the can do in the future if they want to
remaine successful in their industry."

Håkan såg nöjd ut Whitney & Pratt sa alltså det i en rapport.

Torsten funderade. Whitney & Pratt? Han kände inte till dem, men han antog att det var något konsultbolag som gjorde analyser med jämna mellanrum. Analyser som industriföretag betalade dyra pengar för att få ta del av. Precis som Cap Gemini, McKinsey eller Ernst & Young.
Men väljer dock den vars rapporter presenterar det man vill visa. Eller som bekräftar det man vill försöka framhäva. Kanske inget konstigt i det. Men egentligen föga kreativt, vågat eller speciellt revolutionerande. Ett sätt att avskriva sig ansvar. *"Rapporten från Whitney & Pratt sa....".*

"Så det är, så att säga, viktigt att tänka ut hur vi liksom skall agera framåt för att bli bättre," förklarade Håkan.
Han såg nöjd ut. Han såg ut som om han hade beskrivit den ultimata lösningen för det första fokusområdet.
"Det gäller att vara bättre än våra konkurrenter. Vill vi, liksom det så måste vi enligt Whitney & Pratt titta framåt och inte, inte titta bakåt. Alltså, framtidsfokus."

En ny granskning av gruppen från Håkan Bårds sida.

"Är det okay?"

Gruppen höll, utan några större ovationer, med Håkan. Man måste vara med i framtiden annars skulle man inte kunna konkurrera med andra företag som jobbade i samma segment. Håkan såg nöjd ut. Han hade fått igenom ett gemensamt fokusområde. Han tittade på sitt armbandsur.

"Tiden rinner iväg. Det är redan dags för fika. Vi ses igen här klockan tio. Okay?"

Alla reste sig och lunkade långsamt och på ett led ut ur konferensrummet.

Fika var framdukat i en sal som kallades för Stensalen. Några av de andra grupperna var redan på plats och tog för sig av de kakor, kaffe och te som var framdukat.

Man samlades i små grupper och diskuterade allt från privatliv till hur det gick i grupperna.

Torsten stod för sig själv och betraktade och beundrade möblemanget i stensalen. Väggarna var prydda med stora tavlor. I taket hängde stora kristallkronor och möblerna var från olika tidsepoker. Allt från sjuttonhundratalet ända fram till nittonhundratalet.

Nu när han faktiskt var igång med sin snickerikurs samt att han gick en möbelrenoveringskurs så var han mer än måttligt intresserad av möbler. Möbler i alla dess former. Han tjusades av Stensalens Rokokomöbler. Sådana som han skulle vilja lära sig att tillverka kanske. Men han skulle använda sig av moderna maskiner och verktyg. Inte sådant som man hade använt förr i tiden. Trots dåtida enklare verktyg så var möblerna fantastiskt fint bearbetade.

Efter pausen var man tillbaka i sina olika grupprum för att fortsätta affärsplaneringen. Håkan tog plats stående längst fram som tidigare. Han vek bort det senaste bladet på blädderblocket. Nu kom en ny sida fram. Nu med stor röd text. AFFÄRSMODELLER!
"För att komma framåt måste vi ha bra affärsmodeller och jobba efter. Då kommer vi vara väldigt, väldigt konkurrenskraftiga. Håller ni med?"
Håkan verkade redan ha förberett punkter som han ville ha med i deras förslag till affärsplanen. Var fanns den demokratiska processen?
"Affärsmodeller", tänkte Torsten. Vad menade Håkan med det? Som han såg det så hade man

redan en affärsmodell. Ville han att den skulle ändras eller vad ville han utveckla?

Några ovationer frambringades inte heller på detta förslag från Håkan. Så Torsten anade att övriga i gruppen var lika frågande som han var.

Håkan märkte det och skrattade till lite osäkert.

"Man får så att säga försöka ta till sig vad proffsen på sådant här säger. Det står så här i Whitney & Pratts rapport."

Han vände sig åter till sitt papper som han menade var en rapport från Whitney & Pratt.

"A business model is the way in which a company generates revenue and makes a profit from company operations. Without an accurate business model the comapny may reach stagnation."

Han tittade upp. Ingen reaktion.

"Alltså. Det blir liksom risk för stagnation om man inte utvecklar sina affärsmodeller."

Torsten kände sig lätt förvirrad. Han var ju inget dumhuvud. Men nu hade han lite svårt att hänga med vartåt Håkan ville komma. Affärsplanering, var inte det det samma som att utveckla affärsmodeller?

"Är det relationsteori vi pratar om?"

Det bara slank ur Torsten.

"Relationsteori?"

"Relationer är väl en viktig del i våran utveckling och ..."

"Inte relationer, utan modeller," förklarade Håkan.

Nu blev det konstigt. Torsten kände sig uttittad. Men fortsatte.

"Men vad jag förstår och har läst, så är en del av att skapa affärsmodeller en fråga om kompetens och interna och externa relationer."

Det var total tystnad i rummet.

Så kliade sig Håkan på kinden och såg funderade ut. Som om han ville kunna svara Torsten, men han hittade inget.

"Men, det är liksom, liksom modeller, eller...Kan vi ta detaljerna kring det här efter lunchen?"

Han hade inget svar på Torstens förklaring av relationer.

"Vi skall, så att säga, först komma igenom vad vi vill ha med i modellen. Därefter skall vi liksom gå in på detaljerna i våra punkter. Så kan vi gå vidare?"

Ingen sa något. Och Torsten ville inte själv pressa vidare frågan om affärsmodeller. Han förstod fortfarande inte vad Håkan Bård menade med affärsmodeller, men han ville inte ta det vidare. Han antog att det bara skulle göra att de drog ut på tiden. Något som han inte kände speciellt mycket för.

Håkan bläddrade fram nästa blad. Den tredje kubistiska linjen. Där stod det i mörkgrön skrift. KUNDFOKUS! Kundfokus var naturligtvis en viktig del i affärsplaneringen. Det tyckte nog alla i rummet. Det såg ut som om alla nickade med för att visa att de höll med. De höll med Håkan om vikten av att ha kundfokus. Utan kunder så har man ingen verksamhet. Rätt uppenbart.

"Men kundfokus är väl också en relation? Är det inte?"

Som en stående clown, en vippclown, som var som en stående boxningssäck som man slår ner, så vippar den alltid upp igen, fortsatte Svenne Paulsson frågeställningen om affärsmodeller. Deras vara eller inte vara. Håkan såg mindre nöjd ut.

"Kundfokus är, liksom en typ av relation. Så är det. Men kan vi fortsätta med det senare? Är alla med på att kundfokus är viktigt?"

Alla nickade instämmande.

Svenne "vippclown" var dock ännu inte nöjd.

"Om nu relationer hamnar under kundfokus. Vad är då affärsmodeller för nått?"

"Modeller används för att, så att säga, förenkla den komplexa världen som företagets verksamhet liksom utgör."

"Men hur hjälper modeller oss i våran verksamhet? Blir vi på lagret effektivare med en teoretisk modell? Blir vi snabbare och mer effektiva? Tjänar vi mer pengar?"

Håkan suckade. Han hade inte nått fram med sin tankar. Men han bestämde sig för att hantera det här på ett kvalificerat, ledarmässigt sätt.

"Kan vi lämna det nu? Så kan vi ta det när vi kommer tillbaka till detaljerna. Vi skall, så att säga, gå in på detaljerna senare."

Svenne vippclown svarade inte. Men visade med all önskvärd tydlighet att han inte var nöjd.

Så Håkan fick ta ett ytterligare steg framåt.

"Det finns tydligt beskrivet av Whitney & Pratt hur man, så att säga, kan bygga upp en affärsmodell och vad man kan ha med i den."

Svenne "vippclown" skulle just öppna munnen när Håkan fortsatte.

"Jag har inte den skrivningen med mig. Men jag kan ta fram den på datorn om du vill?"

Alla var tysta. Började man bli lite hungriga? Så var det nog.

Så nu skulle Håkan bara ta den fjärde och sista linjen i kuben för att fullborda det som de tillsammans skulle arbeta med efter lunchen.

"Är ni redo för den sista sidan?"

Håkan blickade ut på sina gruppmedlemmar. Han försöka se en antydan av förväntan, som dock lyste med sin frånvaro. Så vek han bort bladet som det stod kundfokus på. Ett fjärde och sista blad kom fram. På det bladet stod det med stor svart text. LEDARSKAP!

"Detta är kanske den viktigaste punkten. Att vi har ett bra ledarskap. Annars kommer inte organisationen att fungera."

Han tystnade och betraktade den tysta, nu rätt hungriga skaran.

"Vad säger ni? Kommentarer?"

Svenne "vippclown" Paulsson kliade sig i pannan och harklade sig.

"Var tog punkten rutiner vägen?"

Håkan pekade på blädderblocket.

"Det är de här fyra punkterna som jag, så att säga, tror att vi måste fokusera på. Rutiner får liksom hamna under affärsmodeller, typ."

"Så det som vi har föreslagit, rutiner och medarbetarfokus går bort?"

Håkan snörpte med munnen och rynkade på näsan.

"Nej, nej. De bakas, liksom in i de här fyra fokusområdena. Så de kommer med. Bara vi försöker vara öppna för processen. Det gäller att vi är eniga. Då kommer vi nå i mål. Exakt hur vi gör det får vi, så att säga, arbeta fram efter lunchen. Är ni inte hungriga? Jag är jättehungrig."

" Vad hände med den demokratiska processen som du talade om när vi kom i morse? Den som vi skulle arbeta fram tillsammans?"

Håkan nickade.

"Helt rätt. Vi gör det tillsammans men vi måste, så att säga försöka göra de bästa, rätta valen. Så är det bara."

"Bästa, rätta valen? Det här känns inte som en demokratisk process."

Torsten var benägen att hålla med, men höll sig till majoriteten av övriga i gruppen. Det vill säga, han höll tyst. Han tänkte inte utmana Håkan Bård. Det kändes inte viktigt. Han var mer nyfiken på hur deras "bästa" val skulle tas emot av övriga grupper och deras olika förslag.

Han kunde dock inte låta bli att småle åt Svennes envisa ifrågasättande av Håkans förslag och åsikter.

"Hur tycker du att vi skall göra," frågade Håkan? "Vill du att vi skall välja ditt förslag bara för att det är ditt förslag och då gå emot hela gruppen? Är det så du vill ha det? Tycker du att det känns mer solidariskt?"

Svenne såg förvånat på Håkan. Vad då gå emot hela gruppen. Inte var väl hela gruppen med på Håkans linje?

"Det måste väl inte vara bara fyra punkter," slank det ur Torsten. "Vi kan väl ta in flera fokusområden?"

Håkan ruskade på huvudet.

"Nu jobbar vi efter en kubistisk modell. Då kan vi inte plötsligt göra om den till en femhörning eller sexhörning. Det är viktigt att vi håller oss till modellen."

"Men modellen har vi väl inte kommit fram till gemensamt. Den har ju du bara hittat på från början," konstaterade Svenne.

Nu började den annars så sansade Håkan Bård bli irriterad.

"Ska vi komma framåt i den här processen så får fortsätta där vi är nu. Inte vända allt på ända. Nu bestämmer jag, som gruppledare, att vi fortsätter från där vi är just nu. Vi får lov att, så att säga arbeta efter den här processen. Sedan får vi väl se vad vi hamnar i när vi...när vi fortsätter. Vi måste bara komma vidare."

Torsten funderade åter på sin roll som passiv betraktare. Han hade inte bara varit passiv. Han inflikade trots allt en och annan kommentar. Men tänkte fortsättningsvis försöka låta bli detta. Han kände inte för att ägna sina tre dagar på slottet med att försöka tycka till om saker som han kanske ändå inte skulle kunna påverka. Han tänkte istället ägna sin tid åt att betrakta alla de vackra möblerna som fanns på slottet och kanske lära sig något om hur de hade gjort förr i världen, när de hade tillverkat dessa fantastiska möbler. Tillverkade för flera hundra år sedan. Han skulle undersöka dem noga och försöka förstå hur man med dåtidens , helt utan maskiner kunde göra så vackra inredningsenheter.

När de andra efter luncher och fikapauser gick ut för att få frisk luft eller uppsökte toaletter, så gick Torsten husesyn i slottet. Stensalen var där han fann de vackraste möblerna. Men han hittade ett rum med namnet "Gotiska rummet". Också det ett rum fyllt med gamla möbler. Det var ännu äldre möbler än de i Stensalen. Det fanns en del att utforska och betrakta om man var så intresserad som Torsten var. Så mellan sejourerna, som innehöll arbetet med affärsplanen så ägnade Torsten sin tid till möbelbetraktelse. Han måste ha sett lite rolig ut när han likt en reparatör kröp under såväl bord som stolar för att mer i detalj kunna se hur möblerna var konstruerade. Han hade också ett rutblock med sig där han skissade de olika möblernas detaljer och noterade eventuella inskriptioner på dolda ställen på vissa möbler.

"Har du tappat nått, eller gömmer du tuggummi under borden," häcklade Edgar ur sig när han såg Torsten undersöka de gamla möblerna. "De är inte till salu, om du trodde det, ha, ha."

Edgar var lika trevlig som vanligt.

Torsten såg upp på Edgar som stod bredvid honom med en kopp kaffe i ena handen och med den andra handen, kliande på bröstet innanför den vita skjortan. Han hade, som vanligt sin gråa, trista kavaj på sig. Idag var det den blåa slipsen som gällde. Han flinade överlägset mot Torsten.

Torsten betraktade Edgar under några ögonblick, så svarade han.

"Jag är intresserad av tidtypiska kvalitativa egenskaper."

"Vaddå tidstypiska egenskaper?"

"Med tanke på åldern och kvaliteten så kan man säkert lära sig något om stadigvarande produktion."

En passning direkt till Edgar. Förstod han passningen? Troligtvis inte. Han bara såg fånigt på Torsten.

"Ähh, dumprat," svarade Edgar. Så vände han på klacken och lunkade bort från Torsten.

Vad gällde grupparbetet, som Torsten alltså försökte att inte vara för delaktig i, fortskred med samma oenighet som det hade slutat med innan lunchen. Det blev en lång första kväll då man höll på med detaljerna ända fram till klockan halv elva på kvällen. Då bestämde Håkan, i "demokratisk" ordning, att man skulle avsluta för dagen.

Dag två fortsatte i samma ordning som dag ett. Torsten fortsatte vara som tidigare, mer intresserad av slottets möbler än av eventuella beslut som fattades av gruppen. Han nickade dock instämmande när det var något som han kände var rätt, eller som han kände kunde vara bra. Han bidrog också med att tycka till om och när någon ställde en direkt fråga till honom. Annars höll han sig mest avvaktande. Skissande i sitt rutblock. Funderande kring alla byråer, stolar, skåp och bord som han fått stifta bekantskap med.

Förutom möbelbetraktelserna på slottet, så tyckte Torsten att luncherna och middagarna var det som var bäst med denna affärsplanering. Maten var av det absolut bästa märket. Till middagarna, som blev ganska sena, serverades dessutom vin eller öl till den som ville ha. Så Torsten hade med gott samvete tagit mer än två glas vin till varje middag.

Sista dagen skulle de olika arbetsgruppernas resultat redovisas. Därefter skulle man sätta ihop en gemensam affärsplan utifrån de olika arbetsgruppernas resultat och förslag.

Det blev ett långt förmiddagspass där grupperna muntligt turades om att redovisa sina respektive förslag till delar i affärsplanen. Torsten tyckte att det kändes segt och intetsägande. Man rabblade upp sina respektive delar som man tyckte skulle med i affärsplanen. Några grupper hade i princip samma förslag så det blev lite kaka på kaka med några smärre avvikelser.

Eftermiddagen satte man, under ledning av en inhyrd konsult, ihop en total och gemensam affärsplan utifrån alla gruppernas presentationer.

Tre dagars arbete i gruppen med Håkan som gruppchef, resulterade i väldigt lite bidrag till den totala affärsplanen. Förvånande kanske. Eller kanske inte förvånande. Några mindre noter från slutarbetet från Håkans grupp skrevs in i slutdokumentet. Men inte mer. Framtid och kunder fanns med men det mesta av det som skrevs in i slutdokumentet, var taget från en annan grupp. Affärsmodeller och ledarskap fanns inte alls med i den slutliga affärsmodellen.

Torsten tyckte väl kanske att man i affärsplanen skulle tagit med ledarskapet och en eventuell utveckling av cheferna inom företaget. Men det fanns väl en anledning till att den punkten inte fanns med. Fanns det ett ledarskapsproblem?

Däremot, hade en annan grupp tagit upp problemen med rutinerna. Det fanns med som en viktig punkt med en kostnadsplan i slutdokumentet. Man skulle, enligt förslaget i slutdokumentet, kommande år bygga upp nya rutiner för stora delar av verksamheten.

Torsten betraktade Håkan för att se hans uttryck. Men han tycktes nollställd. Som om han inte alls var medveten om att det var ett av de områden som han hade ratat i sin grupps förslag.

Man avslutade sent på eftermiddagen. Konsulten hade tagit på sig att sammanställa alla beslutade uppgifter för att få fram en slutversion av affärsplanen som sedan ledningsgruppen skulle få i sin hand för att läsa igenom och ta ställning till.

Ledningsgruppen, med Fabian Strömberg i spetsen skulle fatta beslut om det var denna inriktning man skulle ha det kommande åren.

En chef som gör förhastade beslut i förhoppning om att framstå som kunnig, kan bli väldigt kostsam.

Kapitel 6

Inköp och lagerkontroll hanterades på Mekanikbolaget av ett datorbaserat system med namnet MarGo. Utvecklat av MarGo Systems AB. MarGo Systems AB ägdes till hundra procent av Martin Gross. Det var också han, Martin Gross som hade utvecklat systemet MarGo. Han var alltså den som kunde systemet bäst. Eller egentligen, han var den enda som kunde systemet. Det innebar att Mekanikbolagt befann sig i en beroendeställning till denna Martin Gross. Ett faktum som egentligen borde fått varningsklockorna att ringa. En riskanalys skulle nog ge vid handen att detta var en risk värd att se över. De facto en stor risk.

Men då systemet till nästan hundra procent fungerade klanderfritt och att det dessutom fanns hos ett flertal andra företag i europa, så var det ingen som lyfte frågan till risknivån. Man hade ett avtal med Martin Gross. Ett begränsat avtal, som sa att Martin Gross skulle finnas hos Mekanikbolaget varje torsdag för att genomföra eventuella ändringar i systemet. Eller för att rätta eventuella felaktigheter som uppstod eller hade uppstått.

Oftast fanns inte så mycket att göra i systemen
då de rullade på utan problem. Förändringar
genomfördes dessutom sällan i systemen. Det
var mer när Martin Gross hade gjort vissa
uppdateringar som han då la in dessa i
Mekanikbolagets system.
Varje torsdag fanns han alltså också i
Mekanikbolagets lokaler. Han hade där ett eget
kontor och han hade enligt det begränsade
avtalet bra betalt för att oftast bara finnas
tillgänglig och på plats för eventuell
tjänstgöring åt Mekanikbolaget.

Martin Gross, en sprätt. Ett modelejon som
alltid bar dyra skräddarsydda kostymer från
Brioni, Amosu eller Armani. Välpolerade
exklusiva skor av typ Gaziano & Girling. Hans
händer glittrade av en större guldring på varje
hand. Han hade ett armbandsur av märket
Cartier. Ett armbandsur som låg i
prisintervallet upp mot eller till och med över
en kvarts miljon kronor. Så att han gjorde bra
med pengar som systemutvecklare och
konsult. Riktigt bra med pengar.

Nu var det inte torsdag, utan en vanlig
måndag. Första dagen i veckan. Just denna
måndag så inträffade det det som nästan aldrig

inträffade. Det som tidigare aldrig, faktiskt hade inträffat.

Datasystemet MarGo kraschade. Det totalhavererade. Man kunde inte göra beställningar till sina leverantörer. Man kunde inte se saldon. Man kunde inte få fram prognoser. Allt i systemväg tycktes vara utslaget.

Amanda Heisel, Edgars chef. Var den som på sitt lite torra sätt ringde upp Edgar och förklarade. Torrt, opersonligt och krävande att det var oacceptabelt att systemet MarGo var nere. Hon förväntade sig naturligtvis att han, Edgar, skulle se till att få igång det. Å det snaraste.

Edgar kände att det inte riktigt var hans bord. Det var väl dataavdelningen. Men nu hade hon ju skickat bollen på honom. Alltså fick han ta tag i det.

Med en suck ringde han upp dataavdelningen. Det var deras problem. De fick lösa det nu.

"Sorry. Men Martin Gross kommer inte hit förrän på torsdag."

Kommer på torsdag. Vaddå kommer på torsdag? Edgar kände sig förvirrad. Torsdag. Det måste väl gå att fixa snabbare?

"Det är MarGo som är problemet. Inget vi kan göra något åt. Det är bara Martin Gross som kan fixa det."

"Vaddå Martin Gross?"

"Finns inte den kompetensen i huset."

"Ta in den där Martin Gross då. Vi har ju ett jätteproblem. Fattar du inte det."

"Han kommer på torsdag."

Edgar kunde inte ringa Amanda och säga att det skulle fixa sig till på torsdag. Det skulle varken hon eller någon annan på företaget acceptera.

"Hör nu här. Se till att få hit den där Martin Gross per omgående. Vi kan inte vara utan inköpsuppgifter och saldon i tre dagar. Det fattar du väl."

"Som sagt. Sorry".

"För helvete människa...."

"Du kan få hans nummer," svarade mannen från dataavdelningen i andra änden på luren.

"Då kan du själv ringa honom. Men jag tror inte att det hjälper. Han kommer nog inte förrän på torsdag i alla fall."

"Ge mig det förbannade numret. Jag måste få hit honom nu."

"Good luck!"

Det var väl okay att få numret. Den där Martin
Gross bara måste komma in. Och det på
direkten.

Torsten. Han fick ta tag i det här. Han ringde
upp Torsten. Gav honom numret till Martin
Gross och förklarade.

"Se till att få hit den där jeppen per
omgående."

Torsten bet sig i läppen. Han tyckte väl, som
Edgar, att det inte var hans sak att jaga en
konsult för att lösa ett datorproblem. Det borde
ligga på dataavdelningen.

Han suckade och slog numret som han hade
fått av Edgar.

En släpande röst svarade.

Torsten förklarade sitt ärende.

"Sorry." Svarade Martin Gross. "Jag är i
London just nu. Kommer in till er på torsdag."

Hade det varit några månader tidigare så hade
Torsten varit rädd för att ringa tillbaka till
Edgar för att tala om att Martin Gross inte
hade för avsikt att komma till Mekanikbolaget
förrän på torsdag. Edgar skulle antagligen få
spel. Men Torsten kände sig ganska lugn med
det. Han kände faktiskt lite förnöjsamhet.
Edgar skulle själv få hantera situationen vilket
egentligen kändes ganska bra.

Torsten funderade. Kanske kunde han, den där konsulten lösa problemet "remote" från London. Fast det var ju inte Torstens sak att avgöra eller föreslå. Han bestämde sig istället för att bolla tillbaka problemet till Edgar.

"Han var i London och kan inte komma förrän på torsdag," förklarade Torsten för Edgar.

"Men va fan! Sa du inte till honom att det är en jävla kris här?"

Torsten log lite för sig själv. Han hörde på flåsandet i luren att Edgar var ordentligt pressad.

"Vi får väl försöka hantera det manuellt fram till torsdag. Papper och penna," föreslog Torsten som redan hade börjat hantera sin avdelnings arbete med hjälp av manuella rutiner.

"Helvete!"

Edgar slängde på luren. Han visste att han var tvungen att ta tag i det här själv.

Han slog numret till konsulten, som han hade fått från dataavdelningen. Det gick till en mobil Det dröjde hela fyra signaler innan någon svarade. Hjärtklappning.

"Ja, det här är Martin!"

Den släpiga rösten från Martin Gross svarade. Den hade en lätt ton av täppt näsa.

"Hallå. Det här är Edgar Olofsson på MM Mekanik. Vi har ett systemproblem här just nu."

Edgar väntade något ögonblick. Reaktion?

"Det är det ditt system som strular."

Rösten i andra änden hummade och sa.

"Ja, jag hörde det från din kollega."

"Ja. Alltså, du måste lösa det här. Ingenting fungerar. Det står helt jävla stilla."

Ett ögonblicks tystnad.

"Ja, det är trist." Svarade Martin i andra änden på luren. "Jag kommer in på torsdag så skall vi nog lösa det."

"På torsdag? Fan det går inte. Du får komma in nu. Vi kan inte vara utan datasystemet ända tills på torsdag. Det går inte."

Edgar väntade. Han hade kanske förväntat sig att konsulten Martin Gross skulle svara att han skulle vara på plats om en kvart. Om en timme eller senast samma kväll. Men istället svarade han.

"Sorry. Jag är i London just nu. Så det är torsdag som gäller."

"Torsdag!" Skrek Edgar.

"Ja. Det är så här. Jag föreslog tidigare en annan lösning. Men ni ville inte teckna ett beredskapsavtal med mig. MM Mekanik ansåg att det vara för dyrt," förklarade konsulten,

fortfarande med sin släpiga lite nästäppta röst.
"Så jag kommer in på torsdag. Det är det vi
har avtalat."
"Helvete människa". Nu var Edgar upprörd
värre. Han undrade vad det var för sprätt han
hade i andra änden på luren. Vad hade den här
konsulten för kundfokus egentligen? Ville han
inte ha kvar Mekanikbolaget som kund? Fast
det var ju klart. De var i nuläget beroende av
honom.
Han blev avbruten i sin ilska när Martin
förklarade.
"Jag är som sagt i London just nu. Men jag
skulle kanske kunna vara på plats till imorgon.
Men då måste jag lämna det uppdrag som jag
är upptagen med just nu."
Amanda skulle flå honom levande om han inte
löste problemet med datastrulet. Han bara
måste få igång MarGo.
"Ja för helvete se till att vara på plats
imorgon!"
"Det blir naturligtvis inte gratis," fastslog
Martin Gross som hörde hur chefen från MM
Mekanik & Distribution AB stressat flåsade i
andra änden på luren.

"A positive attitude may not solve every
problem. But it makes it easier and more likely

to be solved fairly quickly. Ingen har någonsin blivit så aktad som den som är behövd för stunden."

Edgar var förstummad. Vad pratade sprätten om? Attityd. Skulle han visa attityd. Han som var kund och skulle vara tvungen att betala dyra pengar för att få konsulten att komma och lösa deras problem inom en rimlig tid.
Ifrågasatte han Edgars attityd? Vad hade konsulten själv för attityd egentligen. Hur kunde Mekanikbolaget ha lyckats låsa upp sig med en sådan sprätt?
Men han ville inte säga något. Han var mycket väl medveten om att det var konsulten som satt med alla trumf på hand. Skulle han fortsätta att diskutera med sprätten så skulle han kanske, i värsta fall inte vara tillgänglig kommande dag. Det var Martin Gross som i nuvarande läge var den som bestämde.
Den förbannade stroppiga konsulten, vilket Edgar inte vågade eller kunde göra något åt. Han var i en obehaglig beroendeställning till konsulten Martin Gross.
Edgar tänkte försöka visa en ödmjuk attityd. Inte spela på den otrevlige sprättens avoga sida.

"Vi är som sagt väldigt tacksamma om du kan vara på vårat kontor till imorron."

Det var en ödmjukhet som han aldrig tidigare hade lyckats framtvinga. Han kände knappast igen sig själv i sitt sätt att uttrycka sig. "Vi är som sagt väldigt tacksamma…." Han var väl aldrig tacksam över något eller hade någonsin varit det. Vad var det han sa?

Den släpiga rösten suckade igen.

"Jag tar första planet imorgon bitti."

Edgar svarade inte. Han bara bet sig i läppen. Så la han på luren.

Han skakade och svettades ymnigt under armarna. Han hade ordnat till det, trots allt. Nu skulle han bara informera Amanda.

Han kände att han behövde avreagera sig. Han behövde någon att skälla på. Han var så full av adrenalin som han kände höll på att spruta ut genom öronen.

Kapitel 7

Robert Lansky var en före detta elitidrottsman. Han hade tillhört svenska eliten i friidrott. Han hade varit med och tagit medalj i SM på fyra hundra meter två gånger. Så han visste vad som krävdes för att lyckas.

Robert var ganska lång och hade ganska breda axlar. Han hade en kraftig bred näsa. Smala läppar och kort mörkt och krulligt hår. Nu var han de dryga trettiofem och mitt uppe i sitt liv. Mitt uppe i ledarskapskarriären. Han var väldigt snabb i sina beslut och svängde ofta och lätt i sina beslut. Lite som om han hade ADHD. Allt skulle ske nu och ibland helt utan eftertanke.

Han var chef för den avdelningen på Mekanikbolaget för avdelningen som hanterade försäljning av "tryck och pys-utrustning". Det vill säga avdelningen som sålde större pneumatiska system. Robert hade tre gruppchefer under sig. Och de hade i sin tur fyra personer var under sig. Avdelningen jobbade ut mot hela Europa.

Tryck och pys-avdelningen var belägen i en av flyglarna till Mekanikbolagets stora kontorskomplex. Så de låg lite för sig självt.

Man hade morgonmöten två gånger i veckan. Man förfogade inte över något eget konferensrum så deras morgonmöten genomfördes i deras, inte allt för stora fikarum. Det var ett litet fönsterlöst rum med en diskbänk. Det fanns kaffebryggare, vattenkokare och diskmaskin. Fyra runda små café-bord och ett gäng hopfällbara klappstolar. Morgonmöten hade man varje måndag. Då gick man igenom vad veckan kunde tänkas innehålla. Samt varje torsdag där man hade en genomgång om hur veckan hade varit. Torsdagen därför att man då eventuellt skulle kunna korrigera under fredagen om något oväntat under veckan hade poppat upp. Något som kanske kunde kräva en åtgärd.

Robert Lansky kunde vara en oerhört gemytlig och charmig person. Han kunde, helt utan anledning komma med tårta till morgonmötena. Men han var också lynnig. Robert Lansky var väldigt, väldigt lynnig. Ena dagen väldigt trevlig och sympatisk, både mot sin personal som mot andra i hans omgivning. Nästa dag så kunde det vara så att hans personal inte var vatten värda. Då kapade han dem jäms med knäskålarna. När han var på det humöret så kom ingen undan. Då var alla i hans personal totalt värdelösa. Då kom ingen undan.

Så hos Robert fanns inget mellanläge. Det var antingen rött eller grönt. Vitt eller svart.

Den här måndagsmorgonen var en sådan då han var på ett uselt humör. Det syntes på hans uppsyn. Hans personal insåg att det skulle bli en riktig skäll, gnäll och allmän kapningsmorgon.

Mötet, som alltid var klockan åtta, men som nästan alltid blev några minuter försenat på grund av att någon eller några jobbade undan det dem just då höll på med.

Så var det även denna morgon. Det var tre personer som kom lite sent till mötet. Bland annat Andreas som var avdelningens absoluta toppsäljare. Han hade för mindre än en månad sedan ordnat en affär med en tysk fabrikant. Det var en order som var värd åtskilliga miljoner. Kontraktet var ännu inte påskrivet. Men det var i princip klart.

Nu var han alltså en av de som råkade vara lite sen till detta morgonmöte. Denna morgon när Robert Lansky alltså var på ett allt annat än lysande humör.

"Om vi har möte klockan åtta varje måndag," ryade Robert. "Då har vi möte klockan åtta.

Ska det då vara så svårt att vara i tid? Vi har möte samma tid varje vecka!"
Robert fräste och nästan spottade när han pratade. Han var ordentligt upprörd den här morgonen och han viftade med armarna när han spottade ur sig sin ilska.
"Vad tycker ni? Är det okay? Ni skiter i att respektera era kollegor och deras tid. Tycker ni att det är ok? Jag bara frågar."
Ingen i den lilla fikarummet sa något. Alla satt tysta runt de små runda caféborden och de flesta tittade ner i bordet eller i golvet. Ingen ville möte Roberts besinningslösa blick.
"Vi kanske ska skita i att ha dom här morgonmötena? Säg bara till i så fall. Då skiter vi helt enkel i att ha morgonmöten. Det verkar som vissa har viktigare saker att göra än att ha morgonmöten. Är det så?"
"Det är det väl ingen som vill. Alltså, avstå från morgonmötena," svarade Eva. En av Roberts gruppchefer. En smart och driftig ung tjej.
"Jag tycker att det är viktigt med våra morgonmöten. Det tror jag att alla tycker. Men ibland måste man jobba undan och så.."
Robert stirrade på på henne. Förberedde han en ytterligare attack?

"Om vi skall fortsätta med våra möten så får ni se till att vara i tid i fortsättningen". Han var verkligen på ett uselt humör, som han nu verkligen spydde ut över sin personalstyrka. "Om det inte passar att följa de regler som vi har satt upp, så är det bara att sluta. Det är bara att säga upp sig. Ni kan börja på McDonalds eller Max eller nått istället. Det kanske är bättre att servera Hamburgare? Så passar det inte så skall ni inte vara kvar här. Är det klart?"

Ingen sa något. Alla kände sig ordentligt avsågade.

Andreas, som satt bakom Eva, kunde dock inte låta bli att böja sig fram för att med ett flin viska till henne.

"Det verkar som han inte fick till det i helgen. Musslan var nog stängd."

Eva fnissade till. Något som Robert förstås uppmärksammade.

"Och vad är det som är så roligt. Kan ni berätta det för oss andra". Han stirrade ilsket på Eva.

"Om du tycker att det här är så roligt så berätta för oss andra så att vi också kan få skratta."

"Nej. Det var inget."

"Vi har ett möte här och du sitter och skrattar. Om det inte passar så kan du lämna mötet".

111

Nu flikade Andreas in.

"Det var jag som sa en sak till Eva. Den hade inte med det här att göra".

Robert stirrade ilsket på Andreas.

"Men det var tydligen roligt. Berätta, så att vi andra också kan få fnissa."

"Nej, det var inget," upprepade Andreas.

Robert verkade halvt galen. Han var röd i ansiktet.

"Om vi har morgonmöte så har vi morgonmöte. Då är det inte meningen att vi skall sitta och berätta roliga historier. Eller hur?"

"Det var ingen rolig historia det..."

"Har ni roligheter att berätta så gör det efter mötet eller låt bli att störa alla andra med erat trams."

Nu tyckte Andreas att Robert började gå över gränsen. Han reste sig för att lämna lokalen.

"Var ska du gå?"

"Jag lämnar det här mötet. Det tillför mig ingenting."

Det var en för Robert oväntad reaktion. Det var ingen som lämnade hans möten! Det hade tidigare aldrig hänt. Skulle han tappa situationen, tappa ansiktet? Han kände att han snabbt måste få grepp om läget igen. Nej! Ingen, absolut ingen lämnade hans möten bara

sådär. Han tänkte inte låta sig förödmjukas av
en kaxig säljare. Ville han utmana, då tänkte
han dra det till sin spets för att återta
initiativet.

"Om du lämnar rummet nu så kan gå och
hämta ut din slutlön!"

Andreas stannade upp vid den öppnade dörren.
Han vände sig om och såg föraktfullt på
Robert. Han betraktade honom uppifrån och
ner. Han visste att han var deras bästa säljare.
Han visste också att han utan problem kunde
få nytt jobb redan nästa dag. Han hade till och
med vid ett flertal tillfällen blivit erbjuden
andra jobb. Jobb med chefer som inte var så
obalanserade och labila som hans nuvarande
chef Robert Lansky.

"Då gör jag det. Jag tänker inte fortsätta ta skit
från dig. Tack och hej leverpastej."

Andreas lämnade rummet och stängde lugnt
dörren bakom sig.

En stor tystnad uppstod. Flera sekunder av
spänd tystnad. Det var inte vad Robert hade
förväntat sig. Han var förstummad men visste
att han måste återta initiativet. Han var
tvungen att tag i taktpinnen igen och gå vidare.

"Jaha. Där gick han. Om det är någon mer som
inte vill göra ett ordentligt dagsverke så är det
bara att säga till. Dörren är där."

Han pekade med tummen över axeln mot dörren bakom sig.

"Nu när detta är klart, så kanske vi kan gå över till veckans åtaganden?" Robert såg på sin personal. Han hade lugnat sig något. Troligtvis på grund av den plötsliga scenförändringen. Nu ville han få igång en normal dialog med sin grupp.

"Vilka har kundbesök den här veckan? Vilka har externa kundbesök den här veckan?"

Två nävar räcktes upp.

"Bra där. Vad förväntar ni er av dem?"

En av säljarna skulle just ta till orda då Eva reste sig från sin stol.

"Jag hoppar också av."

Robert tystnade och såg på Eva som stod upp vid ett av borden framför honom.

"Du får skaffa en annan gruppchef," fortsatte hon. "Jag tycker inte att det här är roligt längre. Jag bestämmer över mig själv och tänker fortsätta att göra det. Så jag säger upp mig. Här och nu."

Hon gled hastigt förbi Robert, öppnade dörren och försvann ut. Hon slog igen dörren efter sig så det hördes.

Robert var stum och kände sig nu rätt så dum. Dagen hade börjat dåligt och den hade därefter

gått från dåligt till sämre och nu till att bli
totalt usel.

Eva var gruppchef, men hon var också en av
avdelningens bättre säljare. Inte riktigt i klass
med Andreas. Men hon var vid varje
månadsrapportering bland de tre till fyra bäst
presterande säljarna.

Avdelningsmötet hade urartat. Robert kände
att han plötsligt hade fått helt nya problem.
Problem som han, faktiskt själv hade skapat.
Men att känna ansvar innebär att man tar på
sig skulden för något som har gått fel. Inte
direkt en egenskap som kunde tillskrivas
Robert Lansky.

Säljare fanns det att få tag på. Marknaden var,
räknade han med, full av folk som ville jobba
som säljare. Att vara säljare var ju ingen
avancerad vetenskap. Ingen "rocket science"
precis.

Men det skulle kanske ta ett tag att få till den
förlorade kapacitet i försäljningsledet. Den
kapacitet som Eva och Andreas dittills hade
bidragit med.

Skulle han krypa till korset och prata med
dem? Ett sådant ställningstagande hade Robet
Lansky aldrig tidigare gjort och hade aldrig
någonsin funnits i hans tankesfär. Men tanken

flög ändå igenom hans huvud. Den flög snabbt och flyktigt igenom hans huvud innan den lika snabbt försvann ut i den binära rymden.

Om han, mot alla odds, ändå skulle ha bett de båda säljarna att stanna, så skulle de troligtvis ändå inte ha stannat kvar. Deras tid var över. Om det var någon som skulle komma krypande, så skulle krypandet vara tillbaka till honom.

Robert var fotfarande irriterad, trots att han inte visade det. Framför allt att de hade sagt upp sig mitt framför ögonen på på honom, inför resten av personalen. Mitt i ett möte. De hade fått honom att tappa ansiktet. Men han hade varit tydlig. Om det inte passade så var det bara att gå. Han var inte den som bad om ursäkt.

Efter mötet satte sig Robert på sitt kontor och funderade. Han var fortfarande irriterad och visste inte riktigt hur han skulle hantera den uppkomna situationen. Han såg att vissa problem skulle uppstå. Han behövde en ny toppsäljare och han behövde tillsätta en ny gruppchef.

En bra och lockande annons skulle göra susen. Han skulle helt enkelt sätta ihop en annons så att han så snart som möjligt skulle få in ersättare för de två avhopparna.

Att belöna, berömma och lyfta en medarbetare eller underställd måste vara mer tillfredsställande än att trycka ner och förminska. Finns där någon mening och glädje med att undertrycka en medmänniskas värde?

Kapitel 8

Amanda Heisel. Den fyrtiotvå år gamla kvinnan. Hon var Edgars chef men hon var också chef över Robert Lansky. Amanda, en kvinna med allt annat än en angenäm uppsyn. De flesta som mötte henne i korridoren skulle nog säga att hon skred fram med en högdragen, arrogant och samtidigt kylig stil. Att samtala med henne kunde få en att känna sig nedvärderad, mindre värd och kunde få en till en känsla av obetydlighet. En känsla av att det man sa var av ointresse för henne. Att försöka skämta till det med henne gav ett tomt och uttryckslöst gensvar. Hon svarade med en betraktelse av skämtaren som vore det en fullständigt obegåvad individ. Att hälsa på henne, genom att ta i hand, var som att hälsa på en död fisk. Kanske inte lika kall, men ungefär lika livlöst. Inget fast handtag där inte.

Nu skulle hon ha ledningsgruppsmöte. Två gånger i månaden var det ledningsgruppsmöten för hennes avdelningar. Vid sina ledningsgruppsmöten samlade Amanda sina underchefer för att gå igenom hur det såg ut och hon med med sin torra auktoritära framtoning kunde tydliggöra vad hon förväntade sig av sina underchefer. Ett tillfälle att, inför alla andra, kräva förklaringar av chefer som kanske inte hade klarat uppsatta mål. Hon var en krävande chef. Torr och tråkig, men krävande och rättvis.

Rädslan att offentligt hängas ut ger en olustkänsla men det är också en drivkraft till att fullgöra sina åtaganden.

Månadsrapporter skulle gås igenom och man skulle se över resultaten från affärsplaneringen som hade genomförts. Alltså resultaten från arbetet på Häringe slott några veckor tidigare. Amandas sekreterare Loise, var den som hade sammanställt all data. Hon, Loise hade som vanligt, satt ihop ett antal Power Points som sedan Amanda kunde presentera för sina underchefer. Det gjorde Amanda från sin dator via en overheadkanonen i taket.

Amanda Heisels ledningsgrupp bestod av hennes underchefer och deras underchefer. Däremot ingick inga gruppchefer i ledningsgruppen. Torsten var en av de lägre cheferna. Så han var alltid kallad till Amandas ledningsgruppsmöten. Däremot alltså inte Robert Lanskys gruppchefer.

Amanda bjöd aldrig på fika och fikabröd eller bordsvatten till sina ledningsgruppsmöten. Något som kunde ses som ovanligt. Många andra chefer beställde alltid fika, vatten och gärna någon kaka eller några kanelbullar till sina möten.

Amanda hade alltid sina ledarmöten i ett av de större konferensrummen och alltid i ett av det lite finare rummen. Det fanns olika kvalitet på de rum som man kunde boka för sina möten eller konferenser. Några betraktades som mindre bra konferensrum. Men hon hade gjort klart för Loise vilken standard hon krävde på mötesrummen för sina möten. Så Loise bokade alltid stora och fina konferensrum.

Det här var ett konferensrum för tjugo personer med såväl whiteboard, som en lite nyare OH-kanon i taket. Det var stora glaspartier som utgjorde ena väggen ut mot korridoren. Dessutom fanns det en knappautomatik, med vilken man kunde dra för gardinerna, både för de stora fönstren ut mot korridoren samt om man så önskade, även gardinerna för de fönster som vette ut mot gårdsplanen på baksidan av kontoret.

Om man ville vara diskret och inte ville visa alla, som passerade i korridoren, vad man

visade på filmduken inne i konferensrummet.
Då var det en fördel att kunna dra för
gardinerna ut mot korridoren.
Amanda var förberedd inför mötet med sitt
A4–block. Det hade hon alltid med sig. I det
hade hon, som vanligt, gjort diverse
minnesanteckningar och noter som hon avsåg
att under mötets gång, tänkte ta upp. Hennes
sekreterare Loise startade datorn och det var
också hon som därefter bläddrade fram första
presentationen.
Den medelålders sekreteraren hade som
uppgift att på Amandas dator manuellt spela
upp bildspelet som var gjort i power point.
Dessutom skulle hon föra anteckningar. Hon
visade upp den första sliden. Det var den
vanliga standardbilden "Välkomna".
Hon tryckte fram nästa bild. Några fina staplar
kom fram i blått, grönt och rött. Det var staplar
som visade på hur det såg ut för Amandas
avdelningar resultatmässigt, jämfört med
månaden innan. Staplarna som visades och
som beskrev Amandas avdelningsresultat
tycktes efter tidigare månaders klara
uppåtgående trender nu hade börjat peka
nedåt.
"Vi ser ut att ha hamnat i en "inflection point"
där våran "business curve" har vänt nedåt,"

förklarade Amanda långsamt och med viss släpigt avvaktande i sin ljusa, nästan pipiga röst. Hon tittade ner i sitt A4-block för att se på sina noteringar.

"Men"! Hon stannade upp.

"Men om vi ser på vad som gör att vi får en "falling curve", så ser vi att det bara är i ett segment. Det är alltså bara i ett segment som det plötsligt har blivit ett tapp."

Nästa bild visades på den vita duken bredvid Amanda. Hon stod där med en svart penna i handen och utan att vända blicken mot whiteboarden sa hon.

"Som ni ser så har vi hamnat i en "sudden recession" i vårat segment pneumatiska system."

Blickarna vändes mot Robert Lansky. Skulle han förklara varför just hans avdelning plötsligt och snabbt hade börjat tappa fart.

"Jamen det kan jag förklara," menade Robert. " Vi fick ett plötsligt avhopp av två av våra bättre säljare. Det gick nedåt väldigt mycket fortare än vi hade förväntat oss. Det tar nog tyvärr någon månad innan vi har utbildat nya säljare som kan ersätta de som vi, liksom lät gå. Men det här är bara en tillfällig dipp."

Amanda såg åter ner i sitt anteckningsblock.

"Vad jag förstår så har vi tappat några rätt viktiga kunder på det."

Robert skruvade på sig. Det var inte en riktigt bekväm situation för honom. Bland annat hade de tappat den stora affären med den tyska fabriken efter att Andreas hade sagt upp sig. Det som hade varit nästan klart, men inte påskrivet, hade i det uppkomna läget inte blivit någon affär. Siffror som hade funnits med på tidigare rapporter som intäkter, hade på mållinjen dragits bort. Ett missat mångmiljonkontrakt hade försvunnit, bara sådär. Dessutom hade några av deras övriga kunder blivit "uppraggade" av Andreas. Han hade varit fräck nog att vid sin flytt till en ny arbetsgivare "knycka" med sig sina bästa kunder från Mekanikbolaget.

"Så är det nog tyvärr," konstaterade Robert.

"Men det beror bara på ett antal missförstånd. Det kommer vi lösa framöver."

Amanda såg tvivlande med överlägsen blick på Robert.

"Jag förutsätter att du en plan för det här?"

Robert funderade lite snabbt. Han hade ingen plan. Inte ännu. En plan? Han måste ha en plan. Annars var han död. Han skulle ha en plan. Snart.

"Absolut! En plan," svarade han.

Amanda såg fortsatt tvivlande på Robert och väntade på en fortsättning. Robert tittade med säker blick tillbaka på Amanda. Han ville inte visa att han inte hade någon plan. Ännu! Han visste att om han vek undan blicken så skulle Amanda förstå att han bluffade. Att han i själva verket inte hade någon plan. Ännu.

"Och hur ser den planen ut," undrade Amanda efter flera sekunder av tystnad? Hon var alltså inte alls så övertygad om att han hade en plan. Inte alls så övertygad som Robert hade hoppats på. Hon fortsatte.

"Vi vill inte att det här blir ett bestående trendbrott. För då kommer vi att spräcka intäktsbudgeten för hela företaget. Det kommer inte ledningen inte att uppskatta." Robert vinkade avvärjande med handen och skakade lätt förstående på huvudet.

"Hur ser den planen ut, undrade Amanda återigen?

Ja, hur såg planen ut? Nu fick Robert tänka snabbt. Vad skulle han presentera för plan. Presentera en plan när man inte har någon plan.

En god talare måste kanske inte vara så noga med sanningen. Och att tala, det var något som Robert var bra på. En riktig monologmästare.

Så nu började hans mun reagera snabbt.

Mycket snabbare än hans tankar.

"Jodå. Vi har kontakt med de kunderna som har lämnat oss. Några hade fått felaktig och missvisande information från våra säljare. Alltså, de säljarna som har slutat hos oss. Men det är något som vi håller på att rätta till. De kommer snart vara tillbaka i vår kunddatabas. Samtidigt gör vi just nu en översyn av kundbasen. Vi är på väg in på nya marknader."

Vad han hittade på. Robert kände sig nöjd med sig själv. Nya marknader. Det hade bara ramlat ur honom, bara sådär. Det var ju egentligen lysande tyckte han.

"Och när kan vi räkna med att allt är som det skall igen?" Undrade Amanda.

Robert kände sig nu självsäker. Han hade svarat snabbt på Amandas förfrågan en plan. Så snabbt så han kände sig lugn. Han slog ut med armarna och snörpte överlägset på munnen.

"Två, kanske högst tre veckor. Sedan skall allt vara som vanligt. Vi har bokat möte med några av våra gamla kunder redan nästa vecka".

Robert fortsatte sin lögnkavalkad för att skydda sitt skinn och sin värdighet. Några möten med tidigare kunder fanns inte inplanerade. Men han kände att han just nu var tvungen att ta till lögnens goda egenskaper. Men han tyckte inte att det kändes som en lögn medan han pratade, faktiskt gjorde han, on the fly, en plan på hur han skulle komma vidare. Det här skulle han ordna upp. Han såg inga problem. Han var ju skicklig.

Belåten över sin egen förmåga, så fortsatte munnen på Robert att gå som i ett försök att kamouflera delar av det som han hittills hade presenterat.

"Administrativt håller vi på med en organisationsrevidering. Processförändringen har medfört att vi ser vinning i att få till en struktur som är mer anpassad till den verksamhet som vi är satta att hantera. Med informativ...."

Amanda lyfte handen för att visa att hon tillsvidare lät sig nöjas med Roberts besked och kryptiska babblande. Hennes blick antydde att hon egentligen ändå inte var övertygad om Roberts plan.

Men just nu ville hon komma vidare. Om hon skulle låta Robert fortsätta prata på så riskerade han att ta för mycket tid från deras möte. Amanda ville alltid komma igenom alla punkter som hon hade med sig till deras möten. Så nu var det bra, tills vidare, med Robert Lanskys punkt.

Så Amanda plockade nu fram nästa slide från datorn och fortsatte mötet.

Övriga punkter i presentationen gick dock väldigt snabbt. Amanda hann med lätthet igenom alla punkterna på agendan. Sista punkten i presentationen var den nya affärsplanen. Affärsplanen som man tillsammans hade arbetat fram på Häringe Slott ett antal veckor tidigare. Amanda förklarade för sin ledningsgrupp att affärsplanen inte till fullo hade godkänts av företagets ledningsgrupp. Man skulle vara tvungna att revidera förslaget till affärsplan. Hon förklarade att det skulle tillsättas en projektgrupp. En projektgrupp som skulle få befogenheten att ändra i affärsplanen enligt de direktiv som företagets ledningsgrupp hade påpekat.

Torsten lyssnade med ett halv öra. Han var, som vanligt inne i sina tankar med möbelrenovering. Han hade blivit helt besatt av sin nya hobby. Nu hade han ett par möbelprojekt som han ville ta tag i för att se om han skulle klara att göra godkända renoveringar. Det var bara renoveringar av lite enklare möbler. Men ändå helt egna projekt.

Han hade bland annat ett par gamla stolar som han hade i sitt förråd. De hade en gång i tiden stått i hans föräldrahem. De var gamla och just nu i ett rätt dåligt skick. Det skulle vara ett utmärkt projekt för honom att sätta tänderna i. Han hade också planer på att köpa på sig nya och lite bättre verktyg. Skulle han ge sig på möbelrenovering i lite större skala. Ja, då skulle han behöva ordentliga verktyg. Det förstod han och det hade också en av lärarna på en kurserna sagt. Utan bra verktyg blir det aldrig riktigt bra. Riktigt bra verktyg var dock tyvärr rätt dyra. Men Torsten kände att han ville satsa på det. Speciellt nu när han tyckte att det gick så bra och han tyckte att det var så roligt. Han kände dessutom att det var mentalt rogivande. Han hade insett att han mycket tidigare borde ha insett att han tyckte om att arbeta i trä. Om han hade insett det redan i gymnasieåldern så kanske han hade blivit en träyrkesman. En snickare eller möbelrestauratör.

"Jag vill att vi tar med Torsten Mårtensson från våran avdelning till projektgruppen," sa Amanda.
Va? Torsten Mårtensson? Men det var ju han. Nämnde hon hans namn? Hon som aldrig ens

hälsade på honom när de brukade mötas i korridoren. Visste hon ens vem han var? Tydligen. Hon ville ha med honom, Torsten Mårtensson, i projektgruppen. Projektgruppen som skulle revidera affärsplanen.

Vad var det som hände?

Att bli utvald var både prestigefyllt och ärofyllt. Javisst.. Men, men, ville han egentligen vara med i projektrevideringsgruppen? Skulle han kunna tillföra något? Det trodde han inte. Kunde han säga nej, bara sådär? Hur skulle det se ut?

Han tittade upp och såg på whiteboarden. Där var namnen på de som ingick projektgruppen. Vilka namn! Det var inga dåliga namn som Amanda hade skrivit upp på whiteboarden. Bara chefer i det övre skiktet och endast en till från någon av Amandas avdelningar.

Den som skulle leda projektgruppen vara kamrer Morgan Espenson. Han var, förklarade Amanda, tillsatt av ledningsgruppen. Morgan Espenson satt direkt under vice VD. Vice VD som också var företagets ekonomidirektör.

Torsten kunde inte förstå varför hon hade valt ut honom, Torsten Mårtensson, från hennes avdelning att medverka i projektet. Mycket förvånande. Men hon var ju chef. Så hon var den som bestämde.

Cheferna runt bordet tittade med förundran på Torsten. Det var som om flera av dem var lika förvånade som han själv var.

Amanda avslutade mötet. Så gick hon med långsamma steg, tillsammans med sin sekreterare tillbaka till sitt kontor. Hennes kontor var på våningen ovanför den korridor där de just hade haft sitt ledningsgruppsmöte. Amanda och Loise valde att ta trappan upp. Loise hade fullt upp med att bära Amandas dator, sin egen dator och sina egna anteckningar. Amanda valde att bara bära på sitt A4-block.

När Amanda väl var framme vid sitt kontor, så befriade hon Loise från den ena datorn. Så förklarade hon att hon inte ville bli störd den närmaste timmen.

Amanda stängde dörren om sig. Satte sig bakom sitt skrivbord och lutade sig tillbaka. Hon tog sin smartphone. Stoppade in hörpropparna i öronen. Så slog hon ett av sina snabbnummer. Det tutade i luren.

Det gick fram en signal. Två, tre och fyra signaler. Så fick hon äntligen svar.

"Ja, det är Oliver".

"Oliver. Det är jag." Amanda var len och mjuk i rösten. "Hur mår du?"

Det var tyst i luren några sekunder.

"Tjena Amanda. Är det du? Jo, livet är väl som vanligt. Det snurrar på rätt bra, faktiskt. Hur är det själv?"

Amanda fuktade läpparna och lutade huvudet bakåt.

"Kan vi träffas?"

Det blev åter tyst några ögonblick innan hon fortsatte.

"Jag saknar dig."

"Det är, liksom lite tjockt just nu," förklarade Oliver i den andra änden av linjen.

"Måste köra hårt på gymmet nu. Jag har, liksom ett modelljobb i London. Typ, nästa vecka."

Amanda putade buttert med läpparna.

Besvikelse. Hon hade hoppats på att få träffa Oliver.

Hon tänkte mycket på Oliver. Han var mycket yngre än vad hon var. Men han var, i hennes ögon, gudomligt vacker. En söt pojke med en underbar väldimensionerad muskulös kropp. Dessutom var han en underbar älskare.

De hade träffats första gången då Oliver, som jobbade som modell, hade gjort ett modelljobb åt Mekanikbolaget. Amanda hade direkt charmats av den unga vackra Oliver. Ett möte som hade resulterat i att de hade ätit middag tillsammans. Därefter hade de under nästan ett års tid träffats vid ett flertal tillfällen. För Oliver var Amanda bara ett sjyst ligg. Ett sjyst ligg som dessutom mellan varven bidrog till hans ekonomiska överlevnad. Hon var som en sugarmama. Men så fort han hade bra med jobb så var han inte lika intresserad av att träffa den äldre trånande kvinnan Amanda. Amanda å sin sida var inte bara förtjust i den tio år yngre Oliver. Hon var mer eller mindre ockuperad av tankar på den unga vackar modellen med den fantastiska kroppen. Den unga vackra Oliver.

"Vill du inte träffa mig," frågade Amanda? "Klart jag vill," svarade Oliver."Men du vet hur det är. Just nu är det, liksom mycket jobb. Jag har ju inte en jättelön som rullar in varje månad. Så jag måste, typ ta de gigg som dyker upp."

"Vi kan väl bara träffas en kväll?" Menade Amanda.

Oliver drog på svaret. Han kände inte för det just nu. Även om hon mellan varven hjälpte honom ekonomiskt och att hon dessutom var riktigt het i sängen, så kände han sig just nu inte lockad. Hon brukade köpa dyra presenter

åt honom. Men just nu kände han att han ville
bestämma själv. Något som gick mindre bra de
gångerna hon lockade honom, när han hade
färre jobb på gång. Men nu kände han att det
inte vara hon som skulle bestämde över hans
tid.

"Vad gör du ikväll?" Undrade Amanda.

"Ska träffa en agent ikväll," ljög Oliver. "Vi
får ta det en annan kväll i så fall."

Amanda var besviken. Hon som längtade så
mycket efter sin Oliver. Skulle hon tvingas
umgås med sin trötta och tråkiga make denna
kväll. Denna kväll när hon var så upplagd för
att få träffa Oliver.

"Imorgon Oliver? Kan vi ses imorgon? Jag
saknar dig så. Jag kan köpa en present åt dig.
Du kanske behöver något till ditt jobb i
London? Behöver du något?"

Oliver smakade på det. Sög lite på tanken. En
present. Lockande. Alltid lockande. Fast, nej!

"Vi får se Amanda. Det beror lite på hur det
går med agenten. Har tyvärr lite jag måste fixa
med just nu. Så jag måste, typ dra nu. Vi får
höras. Ok?"

Amanda svarade inte.

"OK"? Upprepade Oliver som om han ville ha
ett sjyst avsluta. Inte för bryskt.

"Jag ringer," avslutade Oliver. Så kopplade han ner.

Han la på. Han la på utan att säga puss eller kram. Utan att säga att han saknade henne. Han saknade inte henne lika mycket som hon saknade honom. Bara ett "Vi får höras. Jag ringer."

Amanda kände sig besviken. Förargad och besviken. Hon ville ringa upp honom igen och säga att hon krävde att de skulle träffas. Hon ville tvinga honom att gå ut med henne. Att han skulle äta middag med henne. Att hon skulle få följa med honom till hans lägenhet för att älska. Älska så som de hade gjort vid ett par tillfällen. Passionerat och vilt.

Men nej. Hon visste att det inte skulle fungera. Hon visste att hon inte bestämde över Oliver. Han var inte en av hennes underställda. Han var inte hennes make, som gjorde som hon sa. Oliver bestämde själv. Han var sin egen chef. Hon visste att hon inte var den enda kvinnan som han umgicks med. Hon visste att han hade yngre kvinnor. Många yngre kvinnor som var mer passande för hans ålder. Men hon kunde inte släppa honom. Ville inte släppa honom.

***

Tillbaka på sitt kontor satte sig Torsten framför sin dator för att kolla igenom sina mail. Det var inget överflöd i inboxen. Amanda hade sagt att han skulle få underlaget för affärsplanen via mail. Men det skulle väl kanske ta någon dag eller två.

"Jasså. Hur fick du till det här då?" Det var Torstens chef Edgar som klev in genom den öppna dörren.

Torsten såg upp på sin chef. Edgar satte sig tungt på den enda besöksstolen som fanns i Torstens kontorsrum. Så stack han in handen innaför skjortan och kliade sig på bröstet.

Då rummet var så litet så stod besöksstolen bredvid Torstens skrivbord. Edgar lutade sig fram från kortsidan på skrivbordet mot Torsten och såg med nedvärderande blick på sin underlydande chef.

"Jag vet inte varför Amanda valde dig till projektgruppen? Men man får väl hoppas att du gör ett bra jobb där. Om du misslyckas med den uppgiften, då kan det vara kört för dig."

Edgar var som vanligt väldigt trevlig och förringande mot Torsten. Ingen uppskattning eller något stöd från det hållet.

Men Torsten negligerade Edgars översittarfasoner. Han kände att han inte brydde sig. Hans fokus hade allt mer övergått till hans snickerier och möbelfixande så brydde han sig mindre och mindre om Edgars påpekanden och gliringar. Egentligen ville han ju inte vara med i den nytillsatta projektgruppen. Men inte för att han var rädd för att misslyckas. Inte rädd för att inte få Edgars erkännande. Det var nått han struntade fullständigt i. Det var bara det att han inte kände för att engagera sig i affärsplanen. Det lockade honom inte. Han visste att Edgar gärna skulle velat vara med i projektgruppen. Och han kände nästan lust att ge Edgar hans plats i projektet. Det skulle kanske visa på Edgars inkompetens. Men det var ju inget beslut som han kunde ta. Det var inte han som bestämde vem eller vilka som skulle ingå i projektgruppen. Men nu när han ändå var med så. Han kände att han fick göra det bästa av situationen. Även om han antog att han inte var den som skulle komma med de mest fyndiga och mest kreativa lösningarna, för att ge ledningsgruppen vad den ville ha. Han tänkte ändå försöka göra sitt bästa.

"Som din chef så förväntar jag mig att du håller mig informerad. Jag kan komma med förslag åt dig, vet du." Edgar ville verkligen vara med. Ville engagera sig.

Torsten svarade inte. Han bara såg på Edgar med sitt fåniga Mr Bean leende. Något som irriterade Edgar.

"Hur tänker du lägga upp din, din del av arbetet?"

Torsten ryckte på axlarna. Han hade ingen plan. Det fick väl visa sig när de skulle träffas, tänkte han.

"Håll mig underrättad". upprepade Edgar.

Torsten tänkte på chefskapet och ledarskapet. Vad var det som krävdes av en bra chef? Förmåga att inspirera och entusiasmera. Något som Edgar saknade.

Visioner och långsiktiga avdelningsplaner. Något som Edgar saknade.

Förmåga att kunna ändra sig och att kunna utveckla andra. Något som Edgar saknade.

Social kompetens. Förmåga att berömma och ge positiv feedback. Något som Edgar saknade.

För varje dag och varje möte med sin chef Edgar så blev Torsten allt med förvånad över hur han, buffeln Edgar, hade kunnat bli hans chef.

Kanske skulle den nya uppgiften ändå kunna leda till något positivt? Projektgruppens arbete var ju trots allt prioriterat från ledningen. Det gick alltså före Torsten ordinarie arbetsuppgifter.

Kapitel 9

Torsten hade inrett ett rum i radhuset för sina
möbelprojekt. Gabriella hade från en början
inte varit allt för entusiastisk. Att ockupera ett
helt rum för hobbyverksamhet a'la snickeri
tyckte hon var på gränsen till överdrift. Men
Torsten stod på sig. Han behövde ha ett
alldeles eget hobbyrum. För en gångs skull
hade hon fått ge med sig. Chefen Torsten hade
fått sin vilja igenom.

Hans hobbyrum hade blivit hans andningshål i
tillvaron. Så de dagarna då han inte gick på
kurs så befann han sig inne i sin verkstad, sitt
hobbyrum, sin tillflyktsort från verkligheten.
Hobbyrummet låg på bottenvåningen och var
det rum som tidigare hade varit deras gästrum.
Nu var det inte så att de direkt hade mycket
gäster som sov över. Så att få göra om
gästrummet till hobbyrum hade inte krävt allt
för mycket argumenterande.

Torsten hade, förutom nya dyra verktyg och
maskiner, också införskaffat en del litteratur.
Bland annat "Laga gamla möbler", "Möbler
från Sörmland" och "Snickra mera". Så när
han själv inte snickrade så satt han på sängen,
som ännu var kvar från då det varit ett gästrum
och läste i sina böcker. Ibland blev han så

uppslukad i sitt görande i hobbyrummet så att han somnade på sängen. Torsten var helt uppslukat och besatt av sitt snickrande.
Han hade blivit mer lugn och bekymrade sig mindre för att passa in. Jobbet hade bara blivit ett medel för inkomst istället för att vara den kanske största delen av hans liv. Hans fru Gabriellas tyckande och åsikter, hennes förmåga att bestämma över honom, hade också fått allt mindre och mindre betydelse för honom. När hon var irriterad och tog i för att förklara vad hon förväntade sig av honom så blev det som om han fick brus i öronen. Han nickade instämmande, som om han förstod vad hon menade, men brydde sig egentligen inte. Så när hon väl hade förklarat klart så släppte han det bara och återgick till sitt eget görande. Det var som om han levde i en parallell värld. Den verkliga världen, som han mer och mer bara gled fram i och den andra världen. Den som var fylld av trä, möbler och snickeritekniker.

Den här kvällen blev inte som alla andra kvällar. Barnen Camilla och Chester, de båda tonåringarna, hade precis kommit hem från sina kompisar. Maten stod på bordet. Pappa

Torsten befann sig som vanligt inne i sitt
hobbyrum.
Dagens middag var köttgryta. Mamma
Gabriella hade ägnat en bra stund åt att få till
en god köttgryta. Matlagning var, sanningen å
säga, inte hennes starkaste sida. Men ibland
lyckades hon. Nu luktade grytan helt underbart
bra. Så till och med Torsten vädrade i luften
för att han tyckte det luktade gott. Han blev
riktigt hungrig och det vattnades i munnen av
den begärliga doften.
Nu är vissa tonåringar som de är. Speciellt när
det handlar om mat. Så Camilla,
femtonåringen, rynkade på näsan och var
ganska tydlig med att hon tyckte att Gabriellas
köttgryta såg ut som en oätbar sörja.
"Men hjärtat. Du kan väl smaka," föreslog
Gabriella.
Jo. Det skulle väl fungera. Camilla hällde upp
en sked köttgryta på sin tallrik. Det var väl
som en normal, fullvuxen människas tugga.
Hon fortsatte att rynka näsan när hon med stor
misstänksamhet stoppade in halva sin portion i
munnen.
"Blä. Jag vill ha nått annat."
"Men vännen." Försökte Gabriella. "Så illa
smakar det väl inte?"

"Jag vill ha pannkaka med sylt," deklarerade Camilla.

"Det vill jag också," konstaterade trettonåringen Chester. "Pannkakor med glass."

"Men det går inte. Nu har vi köttgryta," förklarade Gabriella.

Camilla reste sig från sin stol.

"Då kan ni äta köttgryta. Jag tänker inte äta det där i alla fall."

Hon lämnade köket och gick bort till trappan och tog sig upp för trappan till sitt rum.

"Jag vill inte heller ha," sa Chester.

"Men, men..," försökte Gabriella.

"Jag vill ha pannkaka med glass," förklarade Chester. "Får jag inte det så tänker inte jag heller äta nått".

Han reste sig från bordet och gick mot trappan.

"Hjärtat, hjärtat." Ropade Gabriella. "Säg till din syster att mamma fixar pannkakor."

Torsten, som med god aptit åt av köttgrytan satt tyst och betraktade sin familj. Deras förhandlande vad gällde dagens middag, som hade startat lite lugnt men som snabbt hade urartat till ett mindre kaos, fick Torsten att fundera över orsak och verkan. Var det ett resultat av för dåligt ledarskap från föräldrarna? Vem var det som bestämde? Just nu, i detta kaos så var det uppenbarligen de två tonåringarna.

Torsten tyckte att köttgrytan var väldigt god. Så han lät sig väl smaka. Väldigt lyckad köttgryta för att vara tillagad av hans hustru Gabriella. Men om han inte hade tyckt det. Och om han i det läget hade krävt att få pannkakor istället. Hade han fått det? Nopp. Det hade inte funkat. Det fanns inte ens på världskartan antog han. Med andra ord, aldrig i livet. Men det behövde han inte fundera på nu. Pannkakor var väl egentligen inte heller någon riktig mat, tyckte han. Så han åt köttgryta med god aptit.

En halvtimme senare satt barnen åter vid bordet. De åt pannkakor. Gabriella och Torsten var klara och Torsten ville resa sig för att återgå till sitt hobbyrum. Men han stoppades av Gabriella som mjukt men bestämt la sin hand på hans underarm för att visa att han skulle sitta kvar.

"Jag har lite jag vill diskutera med er," deklarerade hon. "Det var ett tag sedan vi var iväg på något roligt tillsammans."

Hon log och såg på sina barn med ett stort brett leende. Hon hade planerat något och nu skulle hon presentera sin överraskning.

"Jag har bokat en kryssning."
En kryssning? Torsten blev förvånad. Han hade inte blivit informerad. Men det kanske inte var så förvånande. Samtidigt tyckte han väl att han borde ha informerats.
"En kryssning?" Sa han frågande. "När då och vart då?"
"Jag har bokat en kryssning nästnästa fredag med Viking Line. Vi är tillbaka på lördagen. På eftermiddagen."
Gabriella sken som en sol. Hon tyckte att hon hade ordnat det jättebra. Hon såg verkligen fram emot att få åka iväg på en kryssning. Att få shoppa loss i taxfreebutiken. Att äta gott och inte behöva tänka på matlagning och städning. Att få släppa loss och dansa ute på böljan den blå.
"Vi har utsideshytter. Ut mot vattnet alltså. Det är lite bättre än de vanliga ekonomihytterna. Så du lilla gubben får ta ledigt från jobbet nästnästa fredag."
Torsten var knappast förvånad. Gabriella kunde vara så där spontan. Det var inte ovanligt. Han tyckte till och med att det var lite charmigt. Han tyckte väl att det kanske hade varit sjyst om hon hade konsulterat honom när det ändå handlade om att spendera pengar. Fast nu tyckte han egentligen att

kryssningen var en rätt så bra idé. En
möjlighet för familjen att göra något
tillsammans. Om han hade haft synpunkter, så
hade det antagligen ändå blivit som Gabriella
hade velat. Det var ju liksom hon som
bestämde. Nu hade han inte några synpunkter.
Men det kunde ändå varit lite kul att få ha varit
med i planeringen.

Ledig en fredag? Han såg inget problem i det.
Skulle säkert ordna sig. Vem skulle säga att
han inte skulle få ledigt? Edgar?

"Ska det inte bli roligt?" Kvittrade Gabriella.
De två barnen såg inte allt för entusiastiska ut.
Speciellt inte Camilla!

"Nästnästa fredag"? Frågade hon med skepsis i
rösten.

"Javisst! Vi kommer att få rå om varandra i ett
helt dygn," kvittrade Gabriella.

"Nästnästa fredag?" Upprepade Camilla. "Det
går inte!"

Gabriella såg ut som hon höll på att tappa
hakan. Hon liknade under ett par ögonblick en
nyutskuren fågelholk.

"Vad då går inte? Det är väl klart det går. Det
är ju fantastiskt att vi äntligen får tid
tillsammans. Vi, hela familjen."

Camilla Sköt bort sin tallrik.

"Går inte!" Konstaterade hon åter utan att förklara varför det inte skulle gå.

"Vi kommer få så roligt. Vännen, varför går det inte?"

Camilla tittade ner på bordet medan hon skrapade med pekfingret på bordskanten.

"Kerstin och jag skall på konsert. Just den fredagen."

Gabriella hajade till.

"Konsert? Vad då för konsert."

"En konsert bara."

"Konsert?" Upprepade Gabriella. "Ställ in konserten. Vi, din familj skall på kryssning. Tillsammans!"

Camilla såg uttråkad ut. Som om hon tyckte det där med kryssning var bland det töntigaste hon kunde tänka sig. Kryssning med familjen, hur kul skulle det vara?

"Jag tänker inte missa konserten. Så jag åker inte med."

Det var klara besked från den femtonåriga dottern. Hon tänkte inte åka med.

Gabriellas huvud snurrade av tankar. Här hade hon kommit med ett så bra förslag. Så blev det genast nedsablat av dottern Camilla. Skulle hon ge efter för dotterns motvilja till att följa med på kryssningen eller skulle hon ändå försöka övertala henne. Hon visste att hon aldrig i livet skulle kunna tvinga sin femtonåriga dotter att följa med.

"Finns det något som skulle kunna få dig att åka med på kryssningen?" Undrade Gabriella.

"Jag tänker inte åka med. Det är bara så. Och ni kan inte tvinga mig."

Slaget var förlorat. De skulle få åka på kryssning utan dottern Camilla.

Torsten satt tyst och betraktade familjens skådespel. Maktkampen mellan hans hustru och dotter hade tagit ny fart. Men lika snabbt tagit slut igen också. Dottern stod som vinnare, igen. Vinnare också i det andra slaget för dagen.

Camilla reste sig från stolen. Tog sin tallrik och ställde den på diskbänken. Så försvann hon upp på sitt rum.

Torsten som inte hade sagt något på hela tiden suckade nu lätt.

"Jaha". Sa han och reste sig sakta från sin stol. "Då blir vi bara tre. Men det ska bli riktigt roligt."

Sonen som under hela skådespelet varit tyst, fick nu luft i lungorna.

"Ska inte Camilla med på kryssningen?"

Gabriella suckade djupt och konstaterade med besvikelse i rösten.

"Tyvärr inte. Det blir bara vi som åker. Men vi skall försöka ha roligt ändå. Utan Camilla."

Chester såg närmast ut som om han blev hånad.

"Vaddå roligt ändå? Behöver inte Camilla åka, så vill inte jag heller åka."

Gabriellas ögon spärrades upp och blev stora som pingisbollar. Vad menade sonen? Ville inte han heller följa med på kryssning? Den här fantastiska idéen höll på att bli en enda stor katastrof.

"Men vännen. Det är klart du skall med på kryssningen."

"Varför då? Om inte Camilla behöver åka med så vill inte jag heller åka med."

Gabriella visste inte vad hon skulle säga. Varför ville inte Chester åka med på kryssningen?

"Camilla, Camilla". Började Gabriella.

"Camilla är i alla fall femton år. Så hon klarar sig själv.

Chester såg buttert på sin mor.

"Åker inte Camilla så åker inte jag."

Gabriella vidmakthöll att han ändå var för ung för att få vara hemma själv. Dessutom försökte hon intala Chester att det skulle bli roligt att komma iväg.

"Hur kul kan det vara att åka på kryssning med sina föräldrar?"

Han hade en poäng där. Det insåg Torsten. Det verkade som Gabriella var på väg att förlora ännu ett slag denna dag. Hon var mäkta besviken och ledsen. Så hon vände sig till Torsten.

"Nu får du tala med din son. Jag orkar inte mer. Jag försöker få till att vi skall göra något roligt tillsammans. Så blir det såhär. Nu har jag fått en sån huvudvärk av allt... tjafsande. Jag går och vilar."

Torsten såg på sin son. Så log han brett. När det gällde barnen så kunde han göra vad som helst för deras skull. Som det nu hade blivit så kändes det väl inte allt för bra. Men han förstod sin son. Likaväl som han hade förståelse för sin hustru. Hon hade menat väl. Mycket för sin egen del men naturligtvis också för sin familj. Nu gick det inte alls hennes väg.

"Jag förstår dig Chester," sa Torsten till sonen. "Det kan inte vara jättekul att åka på kryssning med sina föräldrar. Inte när man är tonåring."

Chester såg på Torsten. Han förstod att det inte heller var lätt för hans pappa att hantera det här..

"Varför kan inte jag vara hemma?" Frågade han.

Torsten skakade på huvudet.

"Tror inte vi vill lämnar dig ensam hemma. Jag tror faktiskt inte att det blir någon kryssning."

Chester såg faktiskt lite ledsen och skuldmedveten ut.

"Men mamma har väl redan betalat?"

Torsten slog ut med armarna.

"Vi får väl avboka. Det måste väl gå. Annars löser vi det på nått annat sätt. Det ordnar sig. Jag ska prata med mamma så löser det sig. Pys iväg nu om du vill."

Chester lämnade bordet och tog sig ut i hallen. Satte på sig skor och en jacka och försvann ut genom ytterdörren.

Torsten gick sakta upp för trappan till deras sovrum. Så gick han in till sin hustru som låg på sängen.

Han la sig sakta ner bredvid henne.

"Vi kan inte lämna Chester hemma själv. Annars hade vi kunnat åkt. Bara du och jag. Hade varit mysigt," viskade han till sin hustru.

Hon tittade på honom.

"Tror du det går att avboka, sådär utan vidare? Jag tror att man måste ha läkarintyg för att få tillbaka pengarna."

Torsten tyckte synd om Gabriella. Hon hade velat ordna något roligt. Så blev det såhär.

"Du kan väl åka med tjejerna." Föreslog han.
"Du har ju redan betalat resan."

"Men, du då?"

"Jag är hemma hos Chester. Då har jag lite koll på Camilla också. Ser till så att de får mat och att hon kommer hem i en vettig tid från konserten."

Gabriella log mot sin make.

"Är det okay. Jag menar blir du inte ledsen då?"

Torsten log tillbaka.

"Lite ledsen blir jag. Men du vet att jag också gärna är hemma och snickrar. Kolla du med tjejerna om de vill följa med. Taxfree shopping och god mat och, vad vet jag. Dans och raj, raj på båten."

Gabriella såg nu mer nöjd ut än tidigare. Hon reste sig i sittande ställning. Tog tag i Torstens ansikte och tryckte sina läppar mot hans i en lång kyss. Så sa hon.

"Du din lilla myskorv. Du är bara bäst. Jag älskar dig!"

Hon blinkade intensivt med båda ögonen.

"Vad vill du ha? Nu, då du inte får åka med på kryssningen?" Hon såg pillemariskt på sin make.

"Jag behöver inget," svarade Torsten.

"Kanske om du köper en flaska konjak på båten?"

"Jag vet nog något annat som du vill ha också. Min lilla älsklingsgubbe."

Allt kändes så bra tyckte Torsten. Allt blev bra trots allt. Han hade från början bara varit en passiv betraktare. Men så kändes det som om han, betraktaren hade löst familjeproblemet. En passiv betraktare som det bara blev bättre och bättre för. Han kände sig oväntat lugn.

"Vill du göra nått nu?" Frågade han Gabriella. Hon såg pillemariskt på sin make.

"Bubbelbad kanske?"

"Bubbelbad låter som en bra idé."

Kapitel 10

Översta våningen i MM Mekanik &
Distribution AB:s kontorskomplex.
Heltäckande royalblå mattor med gula, raka
mönster. Väggarna var delvis täckta med
vackert mönstrade draperier. Mattor och
draperier, vars uppgift inte bara var att ge en
varm och ombonad känsla. Utan också till stor
del för att dämpa ljud från spatserande klackar
och vanligt, mänskligt prat. Det gjorde att
direktionen, som låg på den översta våningen,
blev som en annorlunda tyst oas i
kontorskomplexet.
På de väggpartierna där det inte hängde
draperier, var väggarna försedda med olika
konstverk. En del i skarpa färger. Andra
landskapsmålningar i något mera ljusa, men
lite svagare färger.
Mjuka, moderna fåtöljer fanns utspridda på
olika platser på direktionsvåningen så att man
kunde sätta sig för att vila i stort sett var som
helst på våningsplanet.

Det var första gången som Torsten befann sig
på direktionsvåningen. Projektgruppen som
skulle revidera affärsplanen skulle ha sitt
första möte. Mötet skulle de ha i ett

konferensrum som låg bredvid Morgan
Espensons arbetsplats som alltså var på
direktionsvåningen. Kamrer Morgan Espenson
satt inte långt från verkställande direktören
Fabian Strömberg, som för dagen inte var på
plats. På det översta våningsplanet fanns det
två konferensrum. Det ena var alldeles intill
Fabian Strömbergs kontor. Men det var i det
andra konferensrummet som projektgruppen
skulle ha sitt första möte.
Rummet var ljust med skira gardiner mot
fönstersidan. Konferensbordet, som var ovalt,
var i ett ljust träslag, björk gissade Torsten.
Runt konferensbordet fanns tio röda tygfåtöljer
med runda metallfötter. De såg bekväma ut,
vilket de också var. Mjuka och behagliga fast
ändå fasta i konstruktionen. Längst fram fanns
en LCD-skärm. LCD-skärm för att visa
presentationer istället för en OH-kanon i taket.
Lyxigt!
Det var framdukat kaffe, vatten och varsin
smörgås till alla fem i projektgruppen.
Morgan Espenson var en lugn, nästan
försiktigt blygsam person. Passiv och
avvaktande i sin framtoning. Lite som Torsten
själv var. Den allmänna uppfattningen om
Morga Espenson var att han alltid var lugn,
trevlig och sansad. Såg alltid avslappnad

vänlig ut. Torsten hade mött honom några gånger i korridoren. Han var en till utseendet, ganska grå person. Kanske en typisk kamrer. Han närmade sig de sextio, vilket syntes på hans grånande hår. Han såg ut som en snäll, old uncle. Eller en snäll farfar eller morfar. Vilket han kanske också var. När det gällde siffror hade han, efter vad Torsten förstod, riktig koll och ordning. Han hade stenkoll på alla siffror som rörde företagets ekonomiska läge och när det gällde ekonomin så kunde han vara bestämd. Detta då han med stor säkerhet visste vad han talade om.

De övriga i projektgruppen var Håkan Bård, som Torsten hade haft som gruppledare ute på Häringe slott. Monica Klar, en kraftig kvinna i Torstens ålder. Hon hade långt mörkt hårsvall. Monica var en bestämd kvinna och kunde vara snabb att ta beslut. Torsten kände till henne då hon tillhörde Amanda Heisels organisationsgren och alltså deltog i Amanda Heisels gruppmöten, som också Torsten alltid var kallad till. Monica Klar, befann sig på samma nivå som Edgar Olofsson. Torsten tyckte rätt bra om Monica, efter vad han hade erfarit från henne. Hon verkade kunnig och bra att ha att göra med. Och Torsten hade, om han

hade fått välja, hellre haft henne som sin chef istället för träbocken Edgar Olofsson. Men det var beslut som han inte kunde styra över.
Den sista i sällskapet var ganska ny på företaget . Hans namn var Christer Andersson. Han var ovanligt ung med tanke på vilken position han var satt på. Han var chef för företagets hela produktionsapparat. Så han satt som ledare och chef över i stort sett alla chefer som hade något att göra med den egna produktionen av maskintillbehör. Alltså bland annat alla driftschefer ute på de olika fabrikerna i landet, liksom alla fabrikerna som man hade utomlands. Christer hade kommit till Mekanikbolaget mindre än sex månader tidigare. Trots sin ringa ålder var han erfaren och hade redan hunnit avverka två andra större företag. Christer var inte så lång. Han hade kortklippt mörkt hår. Lite runt ansikte, men såg ändå ut att vara vältränad. Han hade rak och säker hållning. Han hade pigga ögon och tycktes ha lätt till ett leende. Snygg kostym och en röd slips med blåa prickar och med en perfekt knuten slipsknut.
Morgan Espenson hade redan förberett deras möte genom att han hade kopierat grundförslaget till affärsplanen. Alltså den som skulle revideras. Så alla fem i gruppen hade

varsitt exemplar av affärsplanen med noteringar i punktform av de delarna som inte var godkända av ledningsgruppen. De var ett antal punkter som man ville ändra i affärsplanen. Men det var inte bara ändringar. I något fall saknades bara konkreta siffror. Ledningsgruppen ville ha siffror på några av de grepp som fanns med i förslaget till affärsplan. De tyckte att det, i dessa delar, saknades ekonomisk tydlighet.

Morgan hade tagit fram anteckningsblock och pennor till var och en. Han tänkte tydligen inte använda sig av dator och LCD-skärm.

Annars var det lite av en norm att använda dator vid alla upptänkliga tillfällen och möten. Det kunde vara ett möte mellan två, tre eller kanske fyra personer. Nästan alltid dator och OH-projektor. Men alltså inte Morgan Espenson.

Han såg på gruppmedlemmarna med sina vänliga ögon.

"Jag tänkte att vi idag bara går igenom de frågor som man från ledningen har begärt ändringar på. Eller där de vill ha tillägg till det som redan finns i affärsplanen. Så kan vi till nästa möte fundera på hur vi skall genomföra ändringar i materialet."

Torsten visste inte riktigt vad han skulle kunna tillföra till det befintliga materialet. Men han fick väl vara med och kanske bifalla när han tyckte någon kom med något skarpsinnigt förslag.

Så som sammansättningen av projekgruppen såg ut så antog Torsten att det säkert skulle komma många kloka tillägg och ändringar i materialet. Ändringar som ledningen säkert skulle bli nöjd med.

Morgan började gå igenom punkterna i affärsplanen.

"Marknadsföringen är en av punkterna som vi måste göra något åt. Ledningen har uttryckt sitt krav på siffror på den föreslagna marknadsföringsplanen. Man vill se vad den långsiktiga planen kommer att hamnar kostnadsmässigt."

Torsten lyssnade, samtidigt som han började skissa i sitt anteckningsblock. Möbler på hjärnan. Jo, absolut. Just nu kretsade nästan allt i hans liv runt möbler.

Han började skissa på en byrå. Han hade blivit ganska duktig på att göra skisser av möbler. Han hade skissat en hel del på senaste tiden. Förmågan att kunna göra tredimensionella skisser av möbler var en positiv bieffekt av möbelsnickrandet. Han höll just nu på med en liten byrå som fanns i hemmet. En enkel sak som bara behövde snyggas till och målas. Men det var ändå ett helt eget möbelprojekt.

Torsten ritade medan han funderade på hur han skulle måla byrån. Det skulle nog bli bra med en röd klar färg. Skulle passa om de skulle ställa den i Camillas rum. Om hon nu ville ha den? Hon behövde säkert lådor för alla sina kläder. Hon kanske skulle få vara med och bestämma färg? Det var antagligen säkrast. Om hon inte fick vara med så fanns risken att hon skulle protestera. Inte givet, men troligt. Torsten funderade lite på lådknopparna. Han kanske skulle byta ut dem mot något trevligare. Kanske några mässingsbeslag?

"Jag har gjort en uppskattning som jag ritat ner och skrivit om i siffror, som visar hur den nya marknadsplanen skulle kunna se ut ur ett ekonomiskt perspektiv."

Morgan hade påbörjat en kostnadsplan för marknadsföringen. Han fortsatte.

"Det är ett grundförslag på hur en marknadsföringsplan kan se ut. Med kostnader och beräknade realistiska extra intäkter kopplade till marknadsplanen. Jag kan dra ut kopior på den?"

Han höll upp några pappersark för att betona
att han hade sitt förslag på vanligt vitt papper.
"Det är i nuläget bara grova, översiktliga
uträkningar. Men jag har också tagit hjälp av
marknadsavdelningen," förklarade Morgan.
"Snygg skiss du har där." Viskade Christer till
Torsten, som genast drog handen över sin skiss
som för att försöka dölja den.
Christer klappade honom lätt på axeln och log
med ett trevligt leende mot honom. Han
nickade lätt för att visa att han uppskattade
Torstens skiss.

Morgan reste sig och gick ut från
konferensrummet för att be en av direktionens
sekreterare om hjälp med att ta kopior på hans
ekonomiska uträkningar.
Morgan såg sig om på våningsplanet. Där
fanns bara en sekreterare tillgänglig. Det var
en dam av den bastantare typen.
En kraftig dam på femtio plus, med ett buttert
ansiktsuttryck. Hon hade en blisserad ljusbrun
kjol. En vit blus med krås, som delvis täcktes
av en mörkbå kofta.
Det såg ut som om Morgan sökte efter någon
annan att vända sig till, men han såg ingen.
Hon vara den enda tillgängliga
sekrteteraren.Morgan gled försiktigt fram mot

den kraftiga koftbeklädda damen. Han bad
henne med sin vänliga röst att ta några kopior
på de två A4 sidorna.
De var en bit ifrån konferensrummet. Men
deras röster hördes ändå tydligt in till dem i
konferensrummet. Trots alla ljuddämpande
tyger på våningsplanet.
"Jaha ja. Lägg dem här så gör jag det sedan,"
förklara den bastanta sekreteraren lite buttert.
Det lät som om hon hade viktigare saker för
sig för tillfället.
Morgan smålog och såg bort mot Torsten och
de andra i gruppen i konferensrummet. Han
ville ha kopiorna nu. Så han bestämde sig för
att själv kopiera de två sidorna själv.
Precis när han tog de två arken igen för att gå
mot kopiatorn, så drog den bastanta
sekreteraren åt sig de två A4-sidorna.
"Jag kopierar dem."
Morgan sträckte sig mot de två bladen för att
försöka återta dem för att själv kopiera dem.
"Jag kopierar dem sedan," förklarade hon
bestämt och mycket tydligt. Han skulle få sina
kopior, senare.
"Hoppsan," sa Christer. "Det där är en dam
som bestämmer hur och när saker skall göras."
Torsten tyckte lite synd om den vänlige
Morgan Espenson. Han, den vänlige kamrern

blev ordentligt åsidosatt den bastanta direktionssekreteraren.

"Vi får kopiorna strax," förklarade Morgan ursäktande när han stängde konferensdörren bakom sig.

De satte sig och gick igenom övriga punkter. Torsten hade vid något tillfälle hört talas om det där med expansion till det stora landet i väster. Var hade han hört det? Hade han hört det, eller var det något han bara hade fått för sig.

"USA." Slank det plötsligt ur honom.

Morgan tystnade och såg på Torsten. Alla vände blickarna mot Torsten som kände sig uttittad och lite dum. Efter några sekunder av tystnad så återupprepade han sin kommentar.

"USA."

Varför sa han det igen? Det fanns ju inte ens med bland punkterna som de skulle gå igenom. Varför drog han plötsligt upp den tanken med USA?

"Varför har vi ingen försäljning i USA?" Mumlade han lite villrådigt fram.

Efter ytterligare några sekunders tystnad så ryckte Morgan på axlarna.

"Vet faktiskt inte. Kanske skulle kosta för mycket."

"Jamen, det är ju skitbra." Christer Andersson skrek spontant ut sitt gillande. "Ta med det i affärsplanen."

Ytterligare tystnad medan gruppen sög på tanken. Varför hade ingen tänkt på det tidigare? Eller hade man det?

"Men det finns inte med bland revideringspunkterna."

"Herregud! Vi pratar om en långsiktig, strategisk affärsplan. Vi måste tänka lite längre än runt hörnet. Det är värt att lägga till det förslaget i affärsplanen.

Torsten blev förvånad över Christers tydliga gillande över det plötsliga infallet från Torstens sida. Det hade ju bara varit en tanke, som plötsligt bara hade poppat upp i hjärnan. En tanke som anammades helt och fullt av Christer Andersson.

"Bra tänkt där Torsten. Bra tänkt."

Övriga gruppmedlemmar runt bordet började sakta nicka. De höll med Christer om att det var ett bra förslag.

Det var kamrer Morgan Espenson som fortfarande lite försiktigt försökte inflika att det inte fanns med bland ledningens punkter. Men Christer stod på sig.

"Om de inte gillar att vi tar lite nya grepp så får de säga det. Då tar vi bort det från affärsplanen igen. Som produktionsansvarig så vet jag att vi med lätthet kan öka våran produktionsapparat om vi skulle få till en expansion mot USA. Helt säkert skulle vi klara det. Dessutom kommer en ny marknad knappast innebära att vår produktionsapparat behöver mångdubblas på nolltid."

Plötsligt hade en ickepunkt tillkommit på affärsplanens revidering. En icke poängterad punkt. En punkt påtalad av Torsten Mårtensson.

Dörren öppnades och den bastanta sekreteraren gjorde utan att knacka på dörren, entré. Hon la kopiorna framför Morgan utan att säga ett ord.

"Tack." Morgan var lågmält när han tackade sekreteraren, som åter försvann ut genom dörren.

Morgan gick hastigt igenom de kopierade A4-arken med kalkylerna. En genomgång som tog mindre än tio minuter att genomföra.

Mötet kunde avslutas med att man satte upp ett nytt datum för nästa möte. Ingen hade fått tilldelade arbetsuppgifter. Vilket man hade för avsikt att göra vid kommande möte. Alla skulle tvingas tillföra resultatförslag inom de olika punkterna som ledningen hade haft synpunkter på.

Torsten funderade på att Håkan Bård hade varit oväntat tystlåten. Han som hade varit så framträdande när de hade varit ute på Häringe slott. Men där hade alla i hans grupp befunnit sig hierarkiskt under honom. Kunde vara en anledning.

"Snygg skiss." Sa Christer till Torsten när de lämnade konferensrummet.

Torsten log uppskattande. Han kände sig lite generad över Christers uppskattning av hans skissande.

"Jag tänkte renovera ett gammalt skåp som vi har hemma," förklarade Torsten.

"Renovera?" Sa Christer frågande.

Torsten nickade.

"Gör du själv alltså?" Undrade Christer.

Torsten ryckte på axlarna.

"Jag försöker. Går lite kurser i snickerier och möbelrenovering. Tycker det är otroligt givande. Jag har liksom hittat min hobbygrej."

Christer såg ut att vara imponerad. Han log uppskattande.

"Spännande. Är du duktig? Jag menar fixar du att renovera en gammal möbel?"

Torsten såg på Christer. Han verkade faktiskt uppriktigt intresserad.

"Jag är nybörjare. Men jag hoppas på att kunna bli, ja liksom bra på det," svarade Torsten.

Christer såg fortsatt uppriktigt intresserad ut. De gick mot trapporna för att ta sig nedåt i kontorskomplexet.

"Jag har köpt en rätt gammal byrå på loppis. Köpte den i somras. Den e rätt risig, men jag gillar den. Snygg modell. Tror du att du skulle kunna fixa den?"

Torsten funderade medan de gick nerför i trappan. Skojade han?

"Jag är ju bara nybörjare. Jag menar ..."

Christer klappade honom på axeln.

"Se det som ett övningsprojekt. Jag är beredd att ta en chans. Du kan väl kolla på den i alla fall?"

Torsten funderade. En gammal, eventuellt dålig möbel som han enligt Christer Andersson skulle få testa på. Testa att renovera.

"Det är okay för mig om du skulle misslyckas. Den var rätt billig och som det är nu så står den bara där hemma i ett förråd," förklarade Christer.

Torsten bestämde sig för att titta på möbeln. Men han upprepade med all önskvärd tydlighet att han inte var någon utbildad möbelsnickare. Bara en amatör med snickeri som hobby.

Något som Christer åter igen förklarade att det inte bekymrade honom.

"Bra förslag du kom med där," berömde Christer. "Att man inte har tittat på möjligheten att expandera västerut tidigare? Hur kom du på den idéen?"

Torsten hade inget svar på det. Det hade bara flugit in genom huvudet på honom.

"Jag skall kolla lite på lite olika alternativ för en eventuell expansion. Så kan jag väl bolla mina tankar med dig?"

Det hade Torsten inga synpunkter på. Om han nu kunde tillföra något.

"Ha, ha. Det tror jag säkert," försäkrade Christer. "Jag tycker att du är lite överdrivet anspråkslös. Du tänker stort, vilket är lika bra då du ändå tänker. Jag tror du är smartare än du försöker påvisa."

Torsten kände sig lite upprymd av Christers positiva omdöme om honom. Men han undrade ändå själv var han hade fått tanken om USA ifrån. Han kände sig också förvånad över att hans tanke omvandlades i hans huvud till ett förslag som sedan, okontrollerat bara ramlat ut ur hans mun. Det var väl egentligen inte likt honom.

Kapitel 11

Christer Anderssons möbel var en äldre byrå med fyra lådor. Den hade svarvade stolpar i hörnen som var ganska avskavda. Några beslag fattades, så Torsten frågade om det skulle vara okay att byta ut dem ifall han inte skulle få tag i exakt identiska beslag.
"Du har fria händer. Kan vara en lite spännade att se vad du åstadkommer."
Torsten tyckte att det var ett intressant projekt. En fot var lös och en fot saknades helt. Några lådfronter var också avskavda. Denna möbel behövde mycken omvårdnad och kärlek om den skulle kunna bli en praktfull inventarie igen. Skulle han klara av det? Han kunde trots allt konsultera sin lärare på möbelrenoveringskursen.

Under två veckors tid ägnade sig Torsten varje kväll åt renoveringen av Christer Anderssons möbel. Han fann att det vara ett ypperligt intressant och lärorikt möbelprojekt.
Han var noga med att använda rätt typ av produkter för att få det så bra som han kunde. Animaliskt lim, vattenbaserat träspackel och högkvalitativt hårdvax. Nysvarvade fötter och nya beslag.

När han väl hade fått bort alla repor och fyllt alla avskavda ytor så blev det putsande, fejande och polerande.

Till slut kände sig Torsten rätt nöjd med resultatet. Faktiskt riktigt nöjd. Skulle Christer också bli nöjd?

"Wow! Imponerande! Är det verkligen samma möbel?" Christer var i sanningen imponerad.

"Har du verkligen fixat till den helt själv?"

Torsten kände sig smickrad. Mycket smickrad. Christer var tydligen mycket nöjd!

"Helt otroligt. Du e ju värsta proffset. Vad ska du har för det här?"

Torsten viftade avvärjande med handen.

"Ett roligt och lärorikt projekt. Jag ser det som en läropeng."

Christer var synbarligen mer än belåten över resultatet. Han stod och stirrade på sin möbel en lång stund. Så kände han med handen över ytan på den.

"Fan Torsten. Du e ju proffs på här. Jag kan fixa mera jobb åt dig. Om du vill alltså? Men du måste ta betalt. Du har ju lagt ut pengar på material och verktyg och massor med tid antar jag. Klart du måste ta betalt."

Torsten kände sig stolt. Faktiskt riktigt stolt över sig själv. Han kände att Christer var nöjd med hans jobb, vilket gladde honom mycket. Torsten förklarade att han hade haft allt material hemma redan innan. En lögn förstås. Men det kändes bra. Han var stolt och kände mycken självkänsla.

När han körde hemåt efter att ha lämnat av Christer Anderssons byrå kände han sig mera stolt över sig själv än han hade känt på mycket, mycket länge. Han kände att han verkligen var värd något. Han hade klarat av att renovera Christers byrå. Han kunde något som inte alla andra kunde. Han var dessutom på väg att bli riktigt, riktigt bra på just det. Att återställa slitna möbler till i närheten av nyskick.

**

Några dagar senare blev Torsten uppringd av en för honom helt okänd person.

"Jag hörde att du är bra på gamla möbler".

"Vad?" Torsten var förvånad.

"Hörde det från en bekant. Kan du titta på ett par pelarbord som jag har? De är tyvärr rätt matta på ytan och i rätt dåligt skick."

Det lät som en äldre dam i andra änden på luren.

"Jag är väldigt förtjust de här pelarborden, men de behöver ses över."

Torsten var förstummad, förvånad och förundrad. Hur, vem? Han var tveksam till att ta till sig jobb från en helt okänd människa. Men samtidigt var han nyfiken. Damen, vars namn var Beata Strömberg, lät dessutom väldigt trevlig och hade en lite bedjande ansats i rösten som gjorde att Torsten hade svårt att neka henne att åtminstone ta en titt på hennes två pelarbord. Han antog direkt att det var Christer som hade tipsat damen om honom.

"Visst. Visst kan jag titta på era bord. Men jag är ingen yrkesman. Jag har bara det här med restaurering som en hobby."

De två pelarborden krävde inte för mycket jobb. Ett ganska enkelt arbete för Torsten. Mest lite ytbehandling och polerande. Så redan efter ett par dagars arbete så var de tillbaka hos sin ägare. Den äldre och mycket trevliga damen. Pelarborden hade berikats med en yta som vore de helt nya. Torsten fick också riktigt bra betalt för jobbet. Han hade bara begärt ersättning för sina utlägg. Men kunden hade propsat på att få ersätta Torsten korrekt för väl genomfört arbete. Ordentligt betalt för ett roligt hobbyarbete. Livet kunde vara bra ibland.

***

Torsten mötte Monica Klar i korridoren. Hon pratade med Torsten om det kommande mötet i projektgruppen. Hon hade en hel del tankar och idéer som hon dryftade med Torsten. Hon verkade vara en klok kvinna. Hennes tankar lät bra, genomtänkta och kloka.

"Bra förslag det där du la fram om USA," sa hon. "Jag tror på en expansion västerut och jag tror säkert ledningen kommer ta till sig ditt förslag. Att man inte har tänkt på det tidigare. Hur kom du på det?"

Torsten ryckte på axlarna. Han visste faktiskt inte varför det plötsligt hade poppat upp. Han hade funderta på det, men förstod inte själv varifrån det kom. Han hade nog hört det någonstans någon gång, trodde han. Men han kunde inte påminna sig var eller av vem han hade hört det.

"Det gäller bara att vi lägger in en bra grundplan för expansionen så kan det blir riktigt bra för oss," fortsatte Monica.

"Jag tror Christer har en hel del att komma med där. Har ni bokat in något möte tillsammans?"

Det hade de inte gjort. Kanske dags att de träffades för att få klart något till det kommande projektmötet.

"Apropå Christer," fortsatte Monica.

"Han sa att du var en hejare på att fixa gamla möbler. Stämmer det?"

Hoppsan! Så Christer hade pratat också med Monica om hans hobby.

"Det är….jag lagar och fixar möbler, som en hobby."

"Jag har en hel uppsättning stolar och ett par bord som jag köpt på auktion för ett par år sedan. Det är rätt många pjäser. Vågar man fråga om du har lust att, kanske titta på dem?"

Torsten visste inte vad han skulle säga. Flera möbler. Rätt många. Det kunde ta lite tid.

"Det är ingen brådska," förklarade Monica, som om hon hade läst hans tankar.

"Du får säga nej om du inte har tid. Men det vore snällt av dig om du bara kunde ta en titt på dem. Kanske är lätt fixat av dig. Du som är proffs."

Proffs! Han var ju inget proffs. Men det var klart att han ville titta på möblerna. Han började ju bli lite av en möbelnörd och hans nyfikenhet till nya projekt gjorde att han hade svårt att säga nej.

"Jag är bara amatör," förklarade Torsten. "Det är liksom bara en hobby."

Monica viftade med handen.

"Kom över och titta på min möbeluppsättning. Du får säga nej om du inte känner för det. Men du kan väl titta? Christer sa att du hade gjort ett fantastiskt jobb med en möbel hos honom."

Torsten log generat. Han visste att han troligtvis inte skulle tacka nej. Han ville se hennes möbler. Titta, kunde han ju alltid göra. Skulle han nöja sig med det? Knappast.

Redan veckan efter så var hans hobbyrum fyllt av Monicas Klars möbeluppsättning.

En möbeluppsättning som innebar många, långa kvällar. Långa men bra och för Torsten, nöjsamma kvällar. Han jobbade med Monicas möbler och hans hustru Gabriella gjorde honom allt oftare sällskap. Ett sällskap som inte sällan slutade i den gamla gästsängen.

Trots de sena kvällarna och de tidiga morgnarna så kände sig inte Torsten trött och sliten. Det var som om han var uppe i ett lagom varv hela tiden. Piggare och mer energisk än han kunde minnas att han varit sedan ..... långt, långt tillbaka.

Dagarna på jobbet rullade på. Men Torstens dagliga funderingar var på kommande kvällsaktiviteter. Hur han på bästa sätt skulle fortsätta sitt arbete med Monicas möbeluppsättning.

Han tog till sig ett ordstäv som han ville minnas att han hade hört och försökte leva efter det.

En chef är bra när de anställda knappast märker att han existerar.
Mindre bra om personalen hyllar honom.
Dåligt om personalen hatar honom.
En bra chef är den som når i mål utan att han märks.
Där personalen känner att det är de som tillsammans har sett till att de når i mål.

Så vad Torsten gjorde var att delegera nästan allt till personalen på avdelningen. Vilket fungerade mer utmärkt än han hade kunnat ana.

Efter ytterligare någon vecka så var han så klar med Monicas möbler. Även om det hade varit roligt att jobba med, så kändes det också skönt att bli av med dem. De hade tagit upp väldigt mycket plats i familjen Mårtensson radhus. Monicas reaktion, när återfick sina möbler, var i klass med Christers. Hon var mäkta imponerad. Så imponerad så att hon propsade på att få ge Torsten ordentligt betalt för det arbete som han hade genomfört.

Han började känna sig mer och mer som möbelrenoverare. Mer som möbelrenoverare än som avdelningschef.

Torstens uppslag om att expandera västerut, hade fått Christer att hamna i en energiboost. Han var nog, trodde Torsten, en energisk person i vanliga fall. Men nu tycktes hela hans fokus ligga på planen att expandera verksamheten västerut. Han plockade fram massor med data om dels befintliga produktionsresurser, som olika förslag på hur en försäljningsorganisation för en USA etablering skulle kunna se ut. Marknadsundersökningar som visade på tänkbara etableringsorter och en massa annan data.

Han hade allt i ett word-dokument som han bifogade i ett mail till Torsten.

"Du kan läsa igenom och återkomma med synpunkter," skrev han i mailet.

Torsten öppnade bilagan. Det papperslösa samhället var för länge sedan en myt. En tanke som kunde gälla för nästa generation medborgare. Men var man närmare de femtio, som Torsten var, så ville man nog helst läsa vanlig svart text på ett vanliga vita pappersark. Alltså klickade Torsten på knappen för "PRINT" när han hade dokumentet öppet på skärmen. Han ville läsa Christers förslag när det tidsmässigt passade honom,.

Bilagan var på ett antal sidor. Torsten insåg att han kanske inte skulle hinna läsa hela bilagan just nu. Han ögnade snabbt igenom den första sidan. Nickade för sig själv. Fantastiskt jobb av Christer.

Precis då, klev Edgar oväntat in genom dörren. Precis då, när han satt och ögnade igenom Christers förslag.

Torsten drog försiktigt ut sin översta skrivbordslåda och sköt in word-dokumentet i den.

"Nått att rapportera?" Edgar satte sig tungt på Torstens besöksstol.

Torsten såg på Edgar. Putade med munnen och skakade sakta och nekande på huvudet.

"Händer det nått i projektgruppen," fortsatte Edgar?

Torsten tog sig för hakan.

"Inte mycket. Vi har bara bokat ett nytt möte." Torsten ville inte ge Edgar någon information. Han kunde gott få fortsätta att vara nyfiken på vad som hände i projektgruppen.

"Vad har ni pratat om då?"

"Inte mycket."

"Nått måste ni väl ändå ha kommit fram med." Edgar kliade sig, som han brukade göra, på bröstet.

Torsten gjorde medvetet detsamma. Men Edgar verkade inte reagera på Torsten tilltag.

"Marknadsplanen," svarade Torsten.

"Marknadsplanen?"

Torsten nickade.

"Marknadsplanen."

Edgar såg lätt missnöjd och grinig ut.

"Vaddå marknadsplanen. Vad är det med den?"

"Det var lite oklart med kostnaderna för den nya marknadsplanen."

Det blev tyst.

"Och...?"

"Och, ja. Alltså. Espenson har redan räknat på det. Så den punkten är nog klar. Jag vet inte hur han har räknat. Men han verkade ha koll på kostnader och intäkter. Han är ju kamrer."

Edgar såg surt på Torsten.

"Är det allt som ni kommit fram till?"

"Ganska mycket så, ja."

Edgar suckade. Reste sig från stolen och lämnade, med sur min Torstens kontor.

Torsten log för sig själv. Han tyckte att han gjorde det riktigt bra med sin chef. Retade honom utan att göra något som egentligen kunde reta upp honom. Ändå kände han att han lyckades med just det.

Han hade inte tänkt sig att läsa igenom Christers dokument nu. Men efter Edgars besök bestämde han sig för att prioritera word-dokumentet. Han tog fram dokumentet som han tidigare hade petat ner i översta skrivbordslådan för att inte bara ögna igenom det. Han tänkte läsa igenom det ordentligt.

Christers tankar och funderingar kring företagets eventuella expansionen västerut verkade väl genomarbetad. Han observerade att Christer tycktes ha erfarenhet av företagande i USA. Han hade med olika alternativa förslag vad gällde försäljningsorganisation i USA. Bland annat fanns en not om hur man skulle kunna ta in en extern amerikansk agent för att kunna etablera sig.

Christers förslag innehöll en rätt riksomfattande expansion. Något som Torsten, som var den mera försiktiga typen, tyckte kanske kunde vara kostsamt. Speciellt om den tänkta etableringen skulle gå åt skogen. Han bestämde sig för att bolla tillbaka sina tankar till Christer.

Det tog ett par timmar innan Christer svarade på Torstens mail. Men när han gjorde det så var det med positiva termer till Torsten.

"Bra tänkt. Jag kanske är kanske lite för snabb. Jag ändrar direkt i dokumentet och återkopplar sedan till dig."

Kapitel 12

Torsten satte sig på samma plats som han hade haft vid projektgruppens första möte. Även denna gång hade Morgan ordnat kaffe, smörgåsar och vatten till mötesdeltagarna. Torsten kände sig mer bekväm nu inför detta möte jämfört med den första sammankomsten. Han hade läst igenom alla dokument som de hade fått till sig och han kände sig rätt bekväm med deras innehåll. Han trodde inte att han skulle kunna tillföra så mycket förslagsmässigt till det som Morgan hade skrivit. Men det skulle sannolikt inte heller någon av de andra göra. Detta trots att Torsten kände stort förtroende för de andra i projektgruppen.

Vad gällde förslaget om expansion mot det stora landet i väster så tyckte han att Christer hade gjort ett enastående arbete.

Räknade Christer med ett enhälligt bifall? Torsten var nyfiken på hur det skulle mottas av de andra. Han hade ju förhandsinfo vad gällde det förslaget. Christer hade ju skickat sina förslag för avstämning till Torsten med jämna mellanrum. Torsten hade oftast inte haft några synpunkter på Christer väl bearbetade förslag. De andra i rummet hade ännu dock inte läst Christers dokument.

Redan medan kaffe och smörgås intogs, så påbörjades diskussionen. Man började med marknadsplanen.

Morgan förklarade att han hade renskrivit allt som han tidigare hade presenterat. Han förklarade också att han hade stämt av sin dokumentation med VD, Fabian Strömberg. Så det verkade som den punkten redan var klar.

Torsten noterade att Morgan hade korrigerat en del i dokumentet, men också att det hade blivit ännu något mer detaljerat.

Alla runt bordet tyckte det var bra och tydliga siffror. Hade VD dessutom redan sett informationen och godkänt den så var det klart att lägga in i affärsplanen. Därmed var marknadsplanen för det kommande åren klar i sitt grundutförande.

"Nu tänkte jag ta ett par minter av er tid i anspråk," klargjorde Christer.

"Jag har här en plan, som Torsten och jag har tagit fram. Det är ett förslag på hur vi kan genomföra en expansion i USA."

Han delade hastigt ut varsit exemplar av det framtagna dokumentet till samtliga runt bordet.

En plan som han och Torsten hade tagit fram? Torsten tyckte väl inte att han hade bidragit speciellt mycket till det utmärkta och väl genomarbetade dokumentet.

Christer satte på LCD skärmen längst fram i rummet. Så kopplade in sin dator och fortsatte.

"Jag skall snabbt dra en översikt av vårat förslag, så kan ni läsa igenom detaljerna i informationen efter mötet. Är det okay?"

Alla nickade.

Christer gick snabbt igenom via power point slides på skärmen hur han hade tänkt sig att man skulle bygga en organsiation för att kunna expandera västerut. Det var en mycket försiktigare approch än den som han först hade presenterat för Torsten.

"Vi tror att det är viktigt att vi inte går fram för snabbt. Det kan kosta allt för mycket, om vi misslyckas. Vilket jag inte tror att vi gör," förklarade Christer.

Han presenterade, fortsatt i högt tempo, personalbudget, kostnadsbudget och en övergripande marknadsplan.

Christer fortsatte att benämna de framtagna dokumentet som dokument framtaget med hjälp av Torsten. Något som gjorde att Torsten kände sig något obekväm. Visst, han kände ju till innehållet. Men han hade inte kommit med så många inspel till själva innehållet i dokumentet. Det var ju Christer som mer eller mindre på egen hand hade tagit fram förslaget. Morgan, Monica, Håkan och Torsten satt tysta och bläddrade igenom Christers förslag. Det var ett halvt dussin imponerande sidor.

"Riktigt bra. Riktigt detaljerat också." Det var Morgan som först tog till orda.

Om han, som var så noga med siffror och detaljer, sa att det var bra. Då var det säkert också fullt godkänt för att kunna presenteras för ledningsgruppen. Torsten kunde inte heller se några luckor i materialet. Det var bara intäktssidan som alltid utgjorde en osäkerhetsfaktor. Något som Christer också hade tagit med kommentarer om. Alla i gruppen var imponerade av presentationen och av det som de hade hunnit ögna igenom av dokumentationen. Det var så bra så att det absolut skulle med som förslag i affärsplanen. Alla var eniga, till och med Morgan såg entusiastisk ut.

Torsten kände att han inte borde ta åt sig någon ära av Christers arbete.

"Jag har inte gjort något av det här." Samtidigt som han sa det så lät det plötsligt fel. Som om han menade att det inte var ett bra arbete. Men det var inte det han menade.

"Jag menar. Det är ett fantastiskt bra förslag. Men det är Christer som tagit fram det. Det är han som skall ha äran av det här. Jag har inte gjort något av..."

Christer viftade med högerhanden mot Torsten.

"Äh! Va inte så blygsam. Jag har stämt av med dig under resans gång. Eller hur? Så det är klart att vi tagit fram det här tillsammans."

Torsten visste inte vad han skulle säga. Christer hade inte en tanke på att själv ta åt sig äran av detta goda förslag.

Vem vill inte vara den som tar åt sig äran av ett bra förslag. Ett bra förslag kan lyfta en människa inför sina medmänniskor. Många är de som stjäl andras goda idéer för att presentera dem som sina egna.

Detta gällde dock inte Christer. Han menade att han bara hade bearbetat Torstens enkla men i grunden utmärkta grundtanke.

Torsten hamnade under ett par ögonblick oförtjänt i en piedestalliknande situation. Men det varade, till Torstens lättnad, bara ett par ögonblick. Sedan gick man hastigt vidare till nästa punkt i affärsplanen.

Morgan föreslog fördelning av de återstående arbetsuppgifterna. Han fastslog att gruppen troligtvis bara skulle behöva träffas vid något enstaka ytterligare tillfälle. Det som var kvar att göra var mer av detaljkaraktär. Några punkter som krävde smärre korrigeringar. Sedan skulle det vara klart att lämna till ledningsgruppen för godkännande.

Detta projektmöte, det andra, hade blivit mycket kortare än det var bokat tid för. Mycket snabbare och kortare möte än väntat. Snabbt, bra och effektivt. Gruppen uppvisade extraordinär effektivitet. Kanske beroende på att det inte tycktes vara för många olika viljor inblandade. Håkan Bård hade varit förvånansvärt tystlåten under deras två möten. Och Torsten försökte inte komma med några mera vidlyftiga och kreativa synpunkter. Han hade visserligen lagt fram det kanske kreativaste förslaget av alla. Det med expansionen västerut. Men efter det så försökte han hålla sig passiv och avvaktande. Han var nöjd med att bara lyssna av. Så det var mest Monica och Christer som hade åsikter och synpunkter, men var i det mesta helt överens. Det var bara någon enstaka punkt där de inte riktigt var i fas. Men då de tycktes samstämmiga i det mesta så kom de ur dessa lägen också efter lite klargöranden från båda håll. Gemensamt tyckande följdes av bifall och kommentarer från den mönstergille Morgan Espenson.

Morgan tog på sig att renskriva och färdigställa det samlade materialet. De skulle finnas klart att läsa igenom inför deras tredje och möjligen sista möte i denna konstellation. "Bra och effektivt jobbat," sa Morgan. "Bra material som vi har fått fram också. Skicka era punkter till mig innan nästa möte så kan vi få allt material klart till dess. Tack för idag." Mötet avslutades.

Torsten funderade på sina egna projekt medan han vandrade tillbaka till sitt eget kontor. "Har du funderat på att snickra helt egna möbler?" Det var Christer som kom ikapp honom i korridoren.
"Egna möbler?"
"Ja. Jag har ju sett hur bra du är på att rita möbler. Du skulle kanske kunna designa egna möbler. Har du inte funderat på det?"
Christer var verkligen intresserad av Torstens hobbyverksamheter. Något som stärkte Torstens självförtroende och självaktning. Han

tyckte bara bättre och bättre om den unga Christer Andersson.

"Lite enklare möbler har jag väl funderat på. Typ en pall och en bänk. Men inte mycket mer än så."

Christer nickade.

"Är det för tidigt för lunch?"

Torsten tittade på sin klocka. Något tidigt, men inte för tidigt.

Det blev lunch. Christer och Torsten tog sig ut på stan till en bättre restaurang. Där fortsatte diskussionen om Torsten och hans snickerier.

"Du kan gå vidare med det här," förklarade Christer.

"Jag menar. Jag kan inte sånt här. Men i mina ögon är du riktigt händig och det är din passion. Gör nått mer av det. Tänk stort. Om du bara vill tillräckligt mycket så kommer du lyckas. Jag är helt övertygad om det."

Att det var hans passion, kunde han inte förneka. Och, visst ville han väl egentligen. Men han var tveksam till om han skulle våga släppa allt för att jobba med sin passion på heltid.

Under lunchen kom diskussionen in på ledarskapet på Mekanikbolaget. Christer fiskade lite vad gällde Torstens chef, Edgar.

188

Men Torsten försökte att vara diplomatisk.
Han sa inte något positivt om sin chef. Men
han sa inte heller något direkt negativt om
Edgar. Även om det var vad han helst av allt
hade velat göra. Han hade velat spy galla över
sin inkompetenta, buffliga, otrevliga och
hänsynslösa övergurka Edgar Olofsson. Men
han höll det på en så neutral och diplomatisk
nivå som han klarade av. Han kände dock att
hans ovilja, vad gällde hans chef, lös igenom.

"Du skall veta det Torsten," förklarade
Christer. "Alla, chefer, som kändisar, som
ministrar är bara vanliga enkla människor som
du och jag. Man är inte bättre än någon annan
bara för att man är chef. Eller minister. Att
vara bättre eller sämre än någon annan sitter
någon annanstans. Inte i vilken titel man har."
Det kunde Torsten hålla med om.
"Du är ju också chef," fortsatte Christer. "Inte
anser du att du är bättre eller sämre eller
förmer än dina anställda för det?"
Det kunde Torsten absolut hålla med om. Även
om hans ord ibland skulle vara det som gällde
när beslut skulle fattas.
"Jag menar." Fortsatte Christer. "Han, Edgar är
väl knappast firmans skarpaste hjärna?"

Så var det absolut. Det kunde Torsten också skriva under på.

"Jag har pratat med honom ett par gånger och du ska veta att jag tycker faktiskt att han verkar lite trög i hjärnkontoret."

Torsten kände sig glatt förvånad. Här var en som uppfattade den primitiva buffeln Edgar på samma sätt som han själv gjorde.

"Jag tycker dessutom att han verkar vara en riktig skitstövel."

Torsten svarade inte på Christers frågande konstaterande. Men han avslöjade, med en klar dragning åt ett brett leende, att han höll med Christer.

Klara med lunchen, lämnade de restaurangen. På vägen ut fortsatte Christer sitt resonemang.

"Tur att den där Edgar inte är min chef."

"Hurså?"

"Jag skulle inte kunna låta bli att driva med honom. Jag skulle testa gränserna för att se hur långt jag skulle kunna gå. Lite spännande att se hur långt man skulle kunna gå innan han skulle märka att han inte ens är med på tåget."

Christer skrattade lätt.

"Men då skulle han bli vansinnig. Jag menar, han kan bli riktigt arg."

"Ha, ha. Eller hur. Och vad skulle han göra då?
Skulle han ge sig på mig fysiskt? Knappast.
Skulle han kunna ge mig sparken. Högst
osannolikt så länge jag sköter mitt jobb som
jag skall. Nej du Torsten. Han skulle inte
kunna göra ett dyft åt det. Så är det."
Torsten såg på Christer.
Så synd, på sätt och vis, att inte Christer fanns
med som underchef i Edgars organisation. Fast
egentligen inte.

Helgerna ägnade Torsten fortsatt åt
möbelrestaurering, vilket inte var något
problem. Han tyckte ju att det var roligt och
avstressande och det skänkte honom harmoni i
själen. Han blev inte heller stressad av att ha
flera möbelprojekt på gång samtidigt. Det var
som om han hade total kontroll på läget. Det
gav honom möjlighet till tankeverksamhet som
han inte tidigare hade haft. Innan han hade
börjat med sina möbelprojekt så hade jobbet
på Mekanikbolaget upptagit all hans tid och
allt hans fokus. Han hade känt sig stressad och
jagad och känt att han inte hade hunnit med
allt som han skulle på jobbet. Men nu. Nu
kändes hans många projekt som något som han
hela tiden hade koll på. Och hans ordinarie

jobb var mer som en bisyssla där han hade
delegerat det mesta till sin personal.

Han hade fått klart för sig att den senaste
tidens uppsving berodde på Christer
Andersson. Han hade varit så nöjd med jobbet
som Torsten hade gjort med hans byrå så han
hade tipsat sina bekanta om Torstens
kunskaper. Det visade sig att Christer hade en
rätt stor vänkrets. En vänkrets som tycktes
bestå av personer som var innehavare av
gamla möbler som var i behov av lite kärlek
och omvårdnad. Det var väl vänner som
tipsade vänner, som tipsade vänner som gjorde
att det spred sig som ringar på vattnet.

Det kom in beställningar på renoveringar i en
omfattning som Torsten inte någonsin hade
kunnat drömma om. Fördelen för honom var
att han kunde bestämma själv om och när han
eventuellt skulle genomföra
möbelrestaureringar. Han valde ut vilka han
kunde ta och vilka han kunde lära sig något av.
Han hade också börjat lära sig konsten att säga
nej. Han visste att om han tittade på möblerna
som behövde hanteras, så fastnade han i
jobbet. Så han tackade nej då han redan vid
förfrågningen tyckte att ett projekt verkade
mindre intressant. Problemet var bara att han
tyckte att de flesta förfrågningarna var

intressanta. Det förekom nej, men inte i någon större omfattning. Hans tid var fulltecknad och även om han inte kände sig stressad, ännu. Så insåg han att han kanske måste börja begränsa sig ännu mer. Som det nu var så bodde han i sitt hobbyrum i radhuset. Radhuset som, när det var som mest hektiskt, blev belamrat med möbler både i hallen, köket och hobbyrummet. Då han alltså allt som oftast fastnade i sitt hobbyrum på kvällarna, så blev det snart så att Gabriella också flyttade in till honom. De började sova tillsammans, trångt och härligt, i enkelsängen. Det blev bra och ibland nästan sömnlösa nätter.

Allt gick så bra så att Torsten började funderade på om han kanske var tillräckligt bra för att våga registrera en firma för sin hobbyverksamhet. Då skulle han, med gott samvete, kunna ta ordentligt betalt. Fast, nej! Han bestämde sig för att vänta lite med det.

Affärsplanen hade blivit rakt igenom godkänd av ledningsgruppen. Och inte bara det. Ett av årets större fokusområden, för att inte säga det största och viktigaste, var expansionen mot USA.

Torsten läste det i det PM som VD skickade ut. Där stod bland annat att man redan under de närmaste veckorna skulle börja etablera en ny organisation för USA expansionen.

"Jaharu Mårtensson. Nu ska vi expandera mot USA."

Det var Edgar som kom in och satte sig på Torstens besöksstol. Han la hakan i ena handen medan han stödde sig mot skrivbordet. Så betraktade han Torsten. Som om han gjorde en värdering av honom.

"Du berättade aldrig för mig att ni hade lagt till det i affärsplanen."

Torsten slog ut med armarna och sög lätt på underläppen.

"Vad tillförde du till projektet," fortsatte Edgar?

Torsten visste inte vad han skulle svara. Han bara rykte på axlarna.

Edgar lutade sig tillbaka och kliade sig på bröstet. Så fortsatte han.

"Såg att de skall påbörja en helt ny organisation, som skall sköta hela USA-grejen. Låter intressant."

Torsten lyssnade. Det lät på Edgar som om han var sugen att söka sig en tjänst i den nya organisationsgrenen. Bra och dåligt.

Om han skulle få en tjänst i den nya organisationen så skulle Torsten slippa honom som chef. Det vore bra, tänkte Torsten. Men om det skulle innebära en fjäder i hatten för Edgar så var det å andra mindre bra. Han var inte värd att få del i den nya USA satsningen. Fast det var inte säkert att Edgar hade för avsikt att söka sig till den nya organisationen.

"Det kommer bli en hel del intressanta tjänster i den nya organisationen," förklarade Edgar, samtidigt som han sträckte på sig och sög in luft mellan sina tänder. Ett tydligt budskap till Torsten att han hade för avsikt att fortsätta sin karriär i den nya USA-grenen.

Han satte åter sina armbågar på Torstens skrivbord.

"Hörde att du är en hejare på möbler."

En hejar på möbler. Ville han bara konstatera det eller ville han något mer.

"Det är bara en hobby," svarade Torsten.

Edgar nickade.

"En hobby."

"Jepp. En hobby."

Edgar nickade igen och lutade sig framåt.

"Du. Jag har en uppsättning möbler av gammalt snitt. Inget fel på dem. Men de kan behöva poleras. Det är lite dålig finish på dem."

Torsten funderade. Han ville helst inte hjälpa Edgar med hans möbler. Så han svarade inte. Han lät Edgars konstaterande hänga i luften. Något som Edgar naturligtvis uppfattade.

"När kan jag komma över med möblerna?"

"Jag har tyvärr inte tid just nu." Försökte Torsten. "Jag har varken tid eller plats för dem. Men kanske framöver."

Edgar tog inte ett nej för ett nej. Absolut inte från Torsten

"Jag har en kompis som kan köra över dem. Så du får klämma in dem nånstans."

Han ville inte ha Edgars möbler hos sig. Han ville inte! Hörde han inte vad Torsten sa. Han hade inte tid och plats just nu. Han ville inte ha med Edgar att göra utanför sin arbetstid. Absolut inte.

"Jag har väldigt, väldigt dåligt med plats," upprepade han.

Men Edgar lyssnade fortfarande inte. Han reste sig från stolen.

"Ber honom köra över dom i slutet på veckan."

Ber honom. Varför vägrade han lyssna. Torsten kände sig överkörd, som vanligt. Med Edgar i sin närhet så blev han alltid överkörd.

"Du kan fixa dem när du får tid. Det borde du kunna klämma in någonstans."

Edgar lämnade Torsten, som kände allt annat
än tillfredsställelse. Han ville inte ha Edgars
möbler. Han ville inte, ville inte, ville inte.
Men han förstod att han nu inte hade något val.
Edgars möbler skulle landa hemma hos
honom.
Vad kunde han göra?

Kapitel 13

Dagarna fortgick som tidigare. Vad gällde att byte av leverantör som tidigare hade varit på tapeten, så hände inget nytt. Något som förenklade arbetet för Torsten. Inget trassel med leveranser från Indien eller något annat okontaktbart ställe. Torstens delegerande fortsatte. Allt mer av hans uppgifter hamnade hos hans personal. Han hade inget intresse av att vara chef längre. Hans fokus befann sig nu till hundra procent i den av honom besatta världen av möbler och snickerier.

Det var inte längre så att man lånade personal av Torsten till andra avdelningar utan att fråga. Detta beroende på att personalen själva hade fått ansvaret och visste att om de hjälpte någon annan, samtidigt som de själva hade uppgifter att utföra, så skulle deras egna arbetsuppgifter bli lidande. Så de hänvisade varje förfrågan till sin chef Torsten, som alltid vände tillbaka frågan.
"Om du vill och kan och har tid. Visst du kan i så fall bistå den avdelningen."
En möjlighet som den anställde alltid avstod från.

Detsamma gällde kompetensutvecklingen.
Torsten hade börjat strunta i de tidigare
kostnadsramarna, som Edgar hade dikterat vad
gällde utbildningskostnader, till förmån för sin
personal.
"Jag skulle behöva lära mig mer om
förhandlingsteknik vid kontraktsskrivning."
"Leta upp en lämplig kurs så kan du anmäla
dig," blev Torstens svar.
"Jag har hittat en, men den är rätt dyr. Och det
är på annan ort, så det blir traktamenten och
så."
"Tror du att det är en bra kurs som du lär dig
något av, så anmäl dig."

Kvällarna och halva nätterna var han fullt
sysselsatt med sina möbler. Inte alla nätter
dock, då han ägnade mer tid i sängen med
Gabriella, än han tidigare, under många år
hade gjort.
När det var som bökigast så talade de om att
flytta ner dubbelsängen till hobbyrummet.
Men de insåg att det skulle bli svårt att få plats
med den breda sängen bland alla maskiner,
verktyg och möbelprojekt.
Torsten hade också påbörjat lite skisser på en
helt ny egentillverkad hopfällbar träbänk. En
smart bänk som kunde användas både som

pall, multibänk vid träning eller som en köksstege. Skisserna som han hade gjort tog han med sig till sina snickerikurser. Där visade han sina skisser för sin lärare, den gamla båtbyggaren. Han hade en del ändringsförslag, som Torsten med tacksamhet tog till sig. Han tänkte sig att det skulle bli hans projekt vid de kommande kurstillfällena. Han skulle alltså ge sig på att tillverka sin alldeles egna multibänk på sin kurs.

En kväll kom en man förbi och ringde på dörren till familjen Mårtenssons radhus. Mannen hade parkerat en mindre lastbil mitt utanför deras entré. Det var en av Edgars "grabbar", Lill-Kalle, som levererade de möblerna som Edgar alltså ville ha uppfräschade.

Han lyfte av dem utanför Torstens dörr utan att säga något. De såg på varandra. Så nickade Lill-Kalle åt Torsten. Vände på klacken och backade ut med den lilla lastbilen från gångstråket utanför radhuslängan.

Torsten såg på möbeluppsättningen. Det var en samling vackra möbler. Fyra stolar och ett mindre bord. Tidigt artonhundratal kanske. Säkert rätt värdefulla. Inte mycket jobb med dem, men. Bara lite justering av repor och en del polering. Han betraktade möblerna länge och väl. Han ville inte göra det här. Han ville inte! Varför hade han inte varit tydligare? Hade han inte varit tydlig. Torsten tyckte att Edgar kunde ha lämnat sina möbler till en riktig restauratör. Då hade han också fått betala vad det kostar. Av Edgar skulle han troligtvis inte få något betalt.

Torsten ville köra tillbaka möblerna till Edgar, utan att ha gjort något åt dem.

Det skulle vara det enda rätta. Att köra tillbaka dem. Vad kunde hända? Han kunde inte få sparken. Det här var ju inte jobbrelaterat. Vad var det Christer hade sagt? Vad är det värsta som kan hända?

Kunde det bli värre än de redan var beträffande hans förhållande till Edgar? Knappast.

Tanken slog honom igen. Sluta på Mekanikbolaget. Starta eget.

Snart kanske. Snart. Tillsvidare tänkte han lägga sin energi på sin nya konstruktion. Den hopfällbara multibänken.

Redan följande dag kom frågan från Edgar.

"Hur går det?"

Vad är det värsta som kan hända?

"Hur går, vaddå?"

"Har du börjat med mina möbler?"

"Börjat? Jasså, nejdå. Har inte riktigt haft tid."

Edgar såg buttert på Torsten.

"Hur lång tid behöver du då? Jag vill nog inte att det tar för lång tid," deklarerade han.

Torsten svarade inte. Han insåg att Edgar satte press på honom direkt. Det som tidigare hade varit, när du får tid. Innebar inte det som det lät som. I Edgars värld var det att prioritera hans möbler före alla andras. Torsten förstod att Edgar skulle tjata på honom tills han skulle få tillbaka sina möbler.

Edgars möbler stod där de stod. Men Torsten la ingen energi på dem. Han lät bara tiden gå. Två veckor rann iväg och han lyckades undvika Edgar, som han antog började bli smått förbannad på honom.

Torsten hade, med hjälp av sin lärare på snickerikursen fått fram ett färdigt exemplar av den hopfällbara multibänken.

"Torstenpallen." Det var hans lärare som gav bänken ett namn.

"Får jag visa upp den för en möbeltillverkare som jag känner," undrade läraren?

Det hade Torsten naturligtvis inte några synpunkter på.

Torsten insåg att han förr eller senare skulle bli tvungen att konfronteras med Edgar. Han kunde inte hålla sig undan hur länge som helst. Men han ville inte hjälpa Edgar.

När de så slutligen sprang på varandra i korridoren så kunde inte Torsten komma undan. Han satt fast. Inga nödutgångar att ta till. Bara att ta till en nödlögn.

"Jag har faktiskt inte haft tid," förklarade Torsten. "Jag kan skicka tillbaka dem till dig. Så får du lämna dem till en riktig restauratör."

"Javisst. En riktig möbelfixare. Se till att fixa till dem nu." Edgar var mäkta irriterad. Han var som en kravställande konsument och tänkte absolut inte lämna sina möbler till en riktig restauratör och betala dyra pengar för att få dem fixade. Han ville ha dem fixade. Nu!

Men Torsten hade ledsnat. Han tänkte inte fixa Edgars möbler. Där och då inför den storligen irriterade Edgar Olofsson, bestämde sig

Torsten för att han absolut inte tänkte fixa
Edgars möbler.

Hur han skulle komma undan från jobbet
visste han inte just då. Men han tänkte inte
göra det. Vad var det värsta som kunde hända?
"Se till att de är klara till nästa helg. Då
kommer vi och hämtar dem."

Torsten svarade inte. Han såg bara på Edgar
som med bestämda, tunga steg trampade iväg i
korridoren.

Semester, tänkte Torsten. Semester.

Han hade bara bestämt sig. Skulle han bara
skicka tillbaka Edgras möbler i obehandlat
skick? Han skulle fundera på olika
möjligheter. Han visste just då inte hur han
skulle agera, hur han skulle hitta en bra utväg.
Men han hade bara bestämt sig.

Nu flög en sådan där tanke igenom huvudet på
honom igen. En sådan där tanke som han inte
visste var den kom ifrån. Tänk om han, Edgar
kunde göra något bra för någon för en gångs
skull.

Hur skulle han få det att fungera?

Torsten betraktade Edgars möbler. Det var
vackra verkligen vackra möbler. De skulle
säkert ge en slant vid försäljning. Skulle han

sälja dem? Nä, det kunde han väl inte göra. Men tänk om han skulle sälja dem och skänka pengarna till något välgörande ändamål. Då skulle Edgar göra något bra för någon för en gångs skull. Edgar skull bidra med något positivt till världen.

Torsten såg på möblerna igen. Funderade lite. Hällde upp ett glas vin. Ett stort glas vin innan maten.

De följande dagarna var Torsten var mer improduktiv än han hade varit på mycket länge. Han såg på Edgars möbler, som han ännu inte gjorde en ansats att göra något åt. Det blev måndag morgon. Den kommande helgen skulle Edgar komma och hämta sina möbler. Torsten ringde till jobbet och sjukskrev sig. Edgar möbler var som en klump i bröstet. Han var helt fokuserad på dessa möbler som han bara inte ville ta tag i. Samtidigt var han orolig för vad Edgar skulle säga eller göra om han vägrade att göra något åt dem.

Han satte sig framför möblerna och tittade på dem.

Gabriella lade märke till att det inte var så bra med hennes make Torsten.

"Jag blir nog hemma några dagar bara och vilar upp mig," förklarade han för Gabriella. Gabriella visade sig ändå vara bekymrad. Men Torsten övertygade henne att han bara behövde några dagar att samla sig. Han skyllde på att det var mycket på jobbet.

När han väl var ensam i huset så tittade han in i barskåpet. Han hade ett sådant där gammaldags barskåp, från sjuttiotalet, som var en del av en bokhylla. Det var med en skiva med spegel på insidan, som man fäller ut. Där fanns en öppnad flaska likör, en liten flaska konjak och en hel liter oöppnad femtonårig whisky. En singel malt från Islay. Han tog tag i flaskan. Tittade på etiketten. "Bowmore Mariner 15 year". Han hade haft den ett par år, utan att öppna den. Men nu skulle den öppnas.

Han skalade bort skyddet för korken. Så skruvade han på korken så att den släppte från flaskhalsen.

Oj! Vilken doft. En kraftig doft av tjära vällde upp från den öppnade flaskan.

Torsten tog ett whiskyglas från skåpet. Hällde upp en fjärdedel. Tittade på glaset. Fyllde på mer. Halva glaset med whisky.

Han tog med sig glaset och gick och satte sig i hobbyrummet.

Han tittade på Edgars möbler igen, medan han smuttade på whiskyn. Oush! Den var kraftigt rökig. Han var inte van att dricka whisky. Så den sved mer än han hade förväntat sig. Men det var ändå gott på nått sätt. Rökigt, men gott. Han smuttade lite till. Ja, gott.

Han funderade på hur han skulle göra med möblerna. Han kände att han satt fast i sina tankar och inte kunde hitta en vettig väg ut ur sitt dilemma. Om han skulle fixa möblerna så skulle problemet vara ur världen.

Några smuttar till av whiskyn, påfyllning. En påfyllning som snart också rann ner genom hans strupe. Det var ju riktigt gott, tyckte Torsten efter något ytterligare glas.

I samma takt som whiskyn rann ner i strupen, så försvann också omdömet.

Men va fan, tänkte Torsten. Den där Edgar skulle få göra en god gärning i världen. Han som aldrig annars gjorde det.

Torsten tog fram sin dator och började googla. Han skulle kolla upp en galen tanke som

plötsligt hade poppat upp i hans huvud. Så
gick han till telefonen.
En mun whisky till. För att vara säker på vad
han pysslade med.

***

Torsten satt på sitt kontor. Han funderade på
allt som hade hänt den senaste tiden. Torstens
självförtroende hade vuxit senaste tiden. Med
en halv liter Bowmore whisky, hade det
kanske till och med gått lite över styr med
självförtroendet. Hans senaste galenskap
gjorde honom något nervös och betänksam.
Men han försökte hela tiden intala sig att inget
skulle kunna hända. Eller vad var det värsta
som kunde hända? Hans hantering av Edgars
möbelgrupp kunde väl i värsta fall innebära att
Edgar skulle döda honom. Hade det varit ett
par månader tidigare så hade han säkert varit
på gränsen till hjärtinfarkt. Nu Kände han det
lite som om han gjorde en god gärning.
Visserligen var sannolikheten att Edgar skulle
uppskatta hans drag, långt ifrån troligt. Visst,
han såg inte fram emot mötet med Edgar. Men
på något underligt sätt kände han en viss,
skräckblandad tillfredsställelse.

"Hur i helvete går det med mina möbler?"
Edgar hade rusat in på Torstens kontor. Han var inte bara irriterad. Han såg, i Torstens ögon, ut som vildsint vikingabärsärk.
Torsten såg på honom och log med ett lite fånigt MR Bean-leende.
Edgar stirrade på Torsten med en bister min. "Nå?"
Torsten kliade sig på vänstra örat. Så snörpte han med munnen.
"Har kört iväg dem."
Edgar ryckte till.
"Kört iväg dem? Vart då?"
Torsten funderade lite på hur han skulle lägga fram det. Utan att Edgar skulle få ett vansinnesutbrott. Något som han var på gränsen till redan nu. Fast skulle det bli värre när han berättade vad han hade gjort med Edgars artonhundratalsmöbler?
"Vi kommer förbi på fredag och hämtar mina möbler. Se till att de är snygga och fina då."
Edgar försvann med bestämda steg bort i korridoren.
Torsten hade inte sagt vad han hade gjort med möbelgruppen. Han hade inte fått möjligheten....eller?
Fast det var rätt bra att han inte hade hunnit. Kanske?

Han funderade och funderade. Nu skulle Edgar alltså hämta möblerna kommande fredag. Ett problem?

Torsten visste inte riktigt vad han kände, förväntade sig eller ville skulle hända.

Vad skulle Edgar kunna göra, förutom att döda honom? Ge honom sparken? Skulle det göra något? Troligtvis inte. Han skulle ju faktiskt kunna bli polisanmäld. Det hade han inte tänkt på tidigare. Men det slog honom nu. Vad hade han gjort?

Torsten förstod att han måste hantera kommande fredag på ett något så när hanterbart sätt. Vad det nu kunde innebära.

Torstens fundering avbröts av att telefonen ringde.

"Ursäkta. Hallå, ja. Det var Torsten Mårtensson här."

Till Torstens stora förvåning så var det Fabian Strömberg som var i andra änden på luren.

Fabian Strömberg. Företagets verkställande direktör.

"Skulle vilja träffa dig." Konstaterade Fabian. "Helst ganska omgående om det går bra."

Torsten var förvånad. Mycket förvånad. Klart han gärna kunde träffa VD.

"Nu, idag?" Svarade han. "Skall jag komma
upp till direktionen?"
"Jag hinner inte idag. Men kanske i början på
nästa vecka vore bra." Förklarade Fabian.
"Absolut."
"Bra där. Då ses vi nästa vecka. Jag
återkommer med detaljer," förklarade Fabian
Strömberg.
Samtalet avslutades och Torsten tittade
förvånad på telefonen. Spännande. Intressant
men också lite nervöst. Vad ville Fabian prata
med honom om?

Kapitel 14

Vad var det Christer hade sagt? Vad är det värsta som kan hända? Torsten hade tagit ledigt denna dag. Det var fredag och Edgar tänkte komma för att hämta sina artonhundratalsmöbler.
Torsten hade fegat ur. Vad skulle han säga? Hur skulle han förklara? Det blev en sömnlös natt i sängen. Torsten försökte, under natten komma på några bra förklaringar. Men han tyckte att det mesta bara blev trams.
Han tog en lång diskussion med hustrun Gabriella. Han förklarade för henne vad han hade gjort och att han inte visste hur han skulle ta sig ur den uppkomna situationen.
Gabriella visade på väldigt stor förståelse för Torstens dilemma. Något som förvånade men gladde Torsten.
"Hörrödu lilla gubben. Ta dig en tur ut på stan så skall jag ta hand om din chef."
"Är du säker? Jag menar,han kan vara en riktig buffel."
Gabriella log mot sin man.
"Jag jobbar på en rekryteringsfirma. Du anar inte hur mycket olika typer jag har att göra med. Kanske dags att du intresserar dig lite för vad jag sysslar med till vardags?"

Torsten kände en viss lättnad. Han ville inte ta emot Edgar just nu. Han hade ställt till det och visste inte var det skulle leda. Han kände tendenser till panikångest. Men också en lite sprudlande tillfredsställelse som ändå fanns där, trots allt. Samtidigt som han inte ville möta Edgar just nu, så skulle han vilja se hans min när han fick reda på var hans möbler hade tagit vägen.

Torsten tog sin jacka. Kysste sin hustru på kinden.

"Är du säker?"

"Ge dig iväg," beordrade Gabriella. "Jag hör av mig till dig när du kan komma hem."

Så fort Torsten hade lämnat hemmet, så började Gabriella piffa till sig. På med lite lagom med smink. Parfym, inte för mycket. Byte av kläder. Något mera sexigt kanske. Hon hade ju trots allt ett inte ett helt oansenligt bystomfång. Så Gabriella satte på sig en blus som hon lät vara uppknäppt, för att lite lagom av hennes byst skulle synas. Men bara så mycket så att det inte skulle vara vulgärt. Torsten hade förmodligen inte uppskattat Gabriellas klädbyte till detta klädval, fyllt av sexappeal. Absolut inte inför hans chef Edgar Olofsson. Men då han inte var på plats så kunde han inte heller säga något om hennes smink och klädval.

Trots att Gabriella kände väl till sin makes kontor och hans underställda, så hade hon ändå aldrig träffat Edgar Olofsson. Hon hade bara, alltid i Torstens negativa ordalag, hört talas om honom.

Gabriella öppnade dörren. Där utanför stod en stor man med en kroppshydda värdig en gorilla. En halvblond kraftig vågig okammad kalufs bar upp en gulbrun baseballkeps med texten "Hunter" på. Bredvid den stora mannen, som såg ut ut att vara allt annat än glad, stod en betydligt mindre man. En mer obetydlig individ som såg ut att bära samma storlek i kläder som henne egen make Torsten.

Även den mindre mannen bar en baseballkeps. Svart keps med initialerna "NY".

"Äh, äum. Jag söker Torsten Mårtensson," stammade Edgar förvånat fram.

Han kom av sig. Han hade räknat med att Torsten skulle ha öppnat dörren. Men här stod istället en kvinna. En vacker kvinna. Var detta hans fru? Kunde han, den där tönten Torsten Mårtensson vara gift med en sådan vacker kvinna?

Gabriella log vänligt mot Edgar.

"Tyvärr så är han för tillfället inte hemma. Kan jag hälsa något, eller?"

Edgar visste inte riktigt hur han skulle hantera situationen. Men han var ju här för att hämta sina möbler.

"Vi skulle bara....Ja, alltså vi hade bestämt att...."

Gabriella sken upp som en sol och gapade stort.

"Men är det du som är Torstens chef, Evald är det va?"

"Edgar," rättade Edgar henne.

"Kom in, kom in. Jag skall sätta på lite kaffe. Jag har hört så bra saker om dig. Så fantastiskt givmilt av dig att stödja stadsmissionen."

Stödja Stadsmissionen? Vad pratade hon om. Edgar förstod ingenting.

Han tog av sig skorna och klev in genom dörren. Lill-Kalle följde efter.

Gabriella fyllde på kaffebryggaren, medan hon pratade med Edgar.

"Torsten säger att du är en duktig jägare också. Är det så?"

Jo, han var väl en bra jägare. Han såg på Gabriella. Herregud vilken vacker kvinna!

"En riktig prickskytt kan jag tänka mig," fortsatte Gabriella med viss beundran i rösten, samtidigt som hon med en flirt blinkade mot Edgar.

Han kände sig förlägen. Väldigt förlägen och lite dum. Han visste inte vad han skulle säga.

Gabriella dukade fram kaffe och hämtade några kanelbullar som hon hade i skafferiet. Hon såg på Edgar att hon hade lyckats charma honom mer än hon själv hade kunnat ana. Han såg nästan ut som en blyg tonåring, där han satt vid köksbordet med lite vilsen blick.

"Varför vill ni ha tag i Torsten," undrade Gabriella? "Jag vet tyvärr inte när han kommer hem."

Edgar harklade sig. Bet sig i underläppen, kliade sig på bröstet, som han hade för vana att göra. Han funderade på hur han skulle säga det.

"Det gällde lite möbler," började han.

"Oj, är det mer möbler," flikade Gabriella in? "Mer möbler?"

"Ja, mer möbler. Än de som du redan har skänkt till Stadsmissionen."

Edgar förstod inte vad hon, Torstens fru pratade om. Han hade inte skänkt några möbler till Stadsmissionen.

"Ett så fantastiskt osjälvisk, enastående och hedervärt handlande," sa hon samtidigt som hon smeksamt la sin hand på översidan av Edgars hand.

Han kände det som en stöt gick genom kroppen på honom.

"Har du skänkt möbler till Stadsmissionen?"

Det var Lill-Kalle som lade sig i samtalet.

Edgar visste inte vad han skulle säga. Skulle han förklara för den här trevliga och framför allt vackra kvinnan, som tycktes så betagen av hans frikostighet, att han inte alls var så givmild. Att allt bara var ett misstag. Nej. Inte nu.

"Var möblerna fixade? Jag menar..."

"Tyvärr så hann inte Torsten med det. Men det var ju så fina möbler så de kommer säkert ge ett bra bidrag till Stadsmissionen ändå."

"Stadsmissionen?"

Lill-Kalle kommenterade då han inte förstod vad som var i görningen. Även om han så smått började ana vartåt det lutade. Men för honom var det en omöjlig tanke att Edgar frivilligt skulle ha skänkt något till välgörande ändamål. Det var inte den Edgar som han kände.

Edgar tittade ilsket på Lill-Kalle.

"Gå ut till bilen du. Jag kommer strax."

Lill-Kalle slog ut med händerna och reste sig från stolen. Tackade för kaffet och lämnade Mårtenssons kök.

"Ja, vi skall röra på oss," konstaterade Edgar. Han visste i det läget inte hur han skulle hantera den uppkomna situationen. Men han ville inte, inför denna vackra kvinna, avslöja att allt var ett missförstånd. Han skulle lösa det senare. På något sätt.

Gabriella ställde sig framför Edgar.

"Tänk att vi aldrig har träffats tidigare." Hon lät som om hon verkligen tyckte att hon hade missat något.

"Vi borde ha träffats på någon firmafest eller något."

Gabriella stod så nära Edgar så hennes doft av "Diors poison" spred sig till Edgars näsborrar. Han var helt såld på denna underbara kvinna. Han förstod inte vad som tog åt honom. Han kände sig nyförälskad pojkspoling.

"Jag måste, tyvärr åka," flåsade han ur sig.

"Men vi måste absolut träffas...igen."

Gabriella blinkade gillande åt honom.

"Det måste vi absolut göra," kvittrade hon.

Edgar lunkade mot entrén. Drog på sig sina skor och gick snabbt ut ur huset.

Satte sig i minilastbilen.

"Inte ett ord!"

Han var väldigt tydlig mot Lill-Kalle.
"Inte ett ord!"

Det blev en bra kväll. Den kvävande känslan
som han hade haft de senaste dagarna var
borta. Han visste inte hur hans hustru hade
lyckats med att hantera den annars så tjuriga
Edgar Olofsson. Hon förklarade för Torsten att
hon hade uppfattat att Edgar faktiskt hade
blivit lite betuttad i henne. Hon sa det med ett
leende.
"Betuttad i dig?"
"Är det konstigt. Tycker du inte att jag är
tillräckligt vacker eller?"
"Herregud Gabriella. Du är jättevacker. Men
att Edgar, den Neandertalaren skulle tycke det.
Jag trodde att han var allt för ociviliserad för
att kunna uppskatta en vacker kvinna."
Gabriella log för sig själv. Hon hade väl inte
direkt varit frånstötande gentemot Edgar.
Snarare tvärtom. Hon hade faktiskt flirtat med
honom. Men det behövde hon ju inte berätta
för sin "lilla gubbe".

Torsten plockade bland sina papper. Han var
allt lite nervös. Han skulle upp till VD Fabian

Strömberg. Han visste inte vad det gällde.
Kunde vara något bra eller kunde vara något
dåligt.
"Jaha du. Så du bara skänkte bort mina möbler.
Tycker du att det var smart gjort?"
Det var Edgar som hade klivit in på Torstens
kontor.
Så nu blev det ändå en icke önskad
konfrontation med Edgar. Men, kanske ändå i
rätt läge. Han hade inte så lång tid på sig innan
han skulle upp till Fabian Strömberg.
"Möbler," svarade han frågande?
"Hörru du din räka. Nu skall vi reda ut det här.
Nu, på en gång."
"Sorry chefen. Men jag har inte tid just nu."
"Jag bestämmer om du har tid eller inte.
Uppfattat!"
Torsten stod mittemot sin rätt förgrymmade
chef, men vek inte av med blicken. Så lyfte
han telefonluren.
"Då får jag väl ringa till Fabian och säga att
jag inte kan komma just nu."
Edgar såg ut att fundera på vad Torsten just
hade sagt. Fabian. Han sa Fabian, som om de
var bästa kompisar.
"Fabian Strömberg?"
Torsten nickade.
"Är kallad till honom, typ nu."

Edgar såg ut att fundera på alternativen. Skulle Torsten inte komma i tid till Fabian Strömberg och om han då skulle skylla det på Edgar. Då skulle det inte se så bra ut.

"Okay. Gå till Strömberg. Men sedan, efter lunch så skall vi ha ett allvarligt samtal, du och jag."

Torsten nickade mot Edgar. Han insåg att det skulle bli svårt att ta sig ur den uppkomna situationen. Han skulle kanske tvingas köpa tillbaka Edgars möbler från Statsmissionen.

Det vore väl kanske inte heller helt fel.

Pengarna skulle ju ändå gå till något välgörande ändamål.

Fabian Strömberg reste sig från sin kontorsstol då Torsten klev in på hans kontor.

Fabians kontorsrum var stort och ljust. Trots att han hade ett svart skrivbord och en svart bokhylla bakom den lika svarta skinnfåtöljen.

"Tjenare, tjenare!" Sa Fabian med en glad kamratlig stämma i rösten.

Han hälsade med ett hårt och bestämt handslag. Och han la till och med sin vänstra hand över Torstens hand för att förstärka det kamratliga mottagandet.

Började positivt!

"Kul att vi träffas. Vi har väl inte haft något projekt ihop tidigare, eller?"

Torsten skakade nekande på huvudet.

"Sätt dig ner vet ja. Sätt dig ner."

Torsten kände sig förbryllad. Fabian verkade så väldigt trevlig och visade en sådan värme så att Torsten inte visste hur han skulle agera. Skulle han säga något dumt. Om Fabians vackra kontor kanske. Eller något om hur glad han var att han hade blivit uppkallad till Fabian. Eller skulle han förklara att han, Fabian just nu hade räddat livet på honom genom att de skulle ha möte just nu. Just i denna stund då hans chef, Edgar Olofsson helst av allt velat ta livet av honom.

Kanske skulle han säga något dumt om att han behövde stanna på möte resten av dagen för att slippa prata med Edgar Olofsson efter lunchen.

"Förbannat bra förslag det där med att vi borde börja sälja på USA. Förbannat bra," förklarade Fabian, som fortsatte.

"Vi har dryftat det lite lätt i ledningsgruppen till och från. Men det har aldrig blivit något konkret. Men nu när du och Christer tog fram ett verkligt greppbart förslag så. Ja, alltså. Så förbannat bra. Nu kör vi igång det här på riktigt."

"Men, det mesta i förslaget kommer från Christer. Jag bara nämnde det vid tillfälle," menade Torsten.

Fabian Strömberg skrattade.

"Eller hur? Det tror jag inte på. Jag har pratat med Christer och han nämnde att du sannolikt skulle säga så. Men Torsten, för sjutton gubbar, var inte så blygsam."

Torsten visste inte vad han skulle säga. Skulle han säga något?

"Som du vet," fortsatte Fabian. "Så måste vi bygga en organisation som tar hand om USA-expansionen."

Jo. Det visste Torsten. Det hade han ju läst det i det nyligen utskickade PM:et.

"Det krävs att vi får fram rätt man för att leda det arbetet. Det blir en viktig post. En person som blir ytterst ansvarig för att bygga upp och leda den nya organisationen. Och den personen skall rapportera direkt till mig och kommer naturligtvis hamna i företagets ledningsgrupp."

Torstens blev inte mindre förbryllad av Fabians beskrivningar av den nya chefstjänsten. Varför ville han berätta det för honom? Ville han att han skulle komma med förslag på lämpliga chefer? Tänkte han låta Edgar Olofsson bli den nya chefen för USA-expansionen? Ville han i så fall ha Torstens synpunkter på det? Tänk om så var fallet. Vad skulle han då säga? Skulle han säga att den där Edgar Olofsson är det värsta tänkbara alternativet till den tjänsten. Den absolut minst lämpliga personen som chef. Ett absolut val om man ville få till ett totalt misslyckande med USA-expansionen.

Skulle han säga så, eller skulle han säga att det skulle vara ett bra val? Om Edgar försvann så skulle han ju bli av med honom som sin chef. Det skulle vara ett lysande tillfälle att för att få någon annan, mycket bättre person över sig. Någon med lite mer mänskligt beteende och med känsla för personalvård.

"Hur ser du på det här? Vilken typ av person tror du skulle krävas för att få det att fungera," undrade Fabian?

Torsten funderade något ögonblick.

"Ärligt talat så ser jag inte att vi har så många egna chefer internt som, ja som kanske passar. Kanske Christer då, men jag vet inte. Jag känner väl inte heller till så många bra chefer i företaget," förklarade Torsten filosofiskt och samtidigt lite undrande för Fabian.

"Kanske någon utifrån som har erfarenhet från USA," fortsatte han, samtidigt som han kände att det var en rätt onödig kommentar. Det hade de väl redan tänkt på. Det var väl klart att de ville ha någon med erfarenhet från USA. Det innebar också att Edgar föll bort.

Fabian nickade och lutade sig tillbaka och såg med fast blick på Torsten. Han tittade länge på honom innan han slutligen lutatde sig fram över sitt skrivbord.

"Jag vill att du tar och funderar på den här tjänsten."

Vad var det han, Fabian Strömberg, verkställande direktören, sa? Vad menade han?

"Fundera? Hur då fundera?"

"Vi har diskuterat det här i ledningsgruppen. Vi tror att du skulle kunna bygga upp den här organisationen. Vi tror att du är rätt man för att leda hela den här expansionen."

Torsten förstod ingenting. Skojade han? Ville han, Fabian Strömberg, att Torsten Mårtensson skulle bli USA-chef för MM Mekanik & Distribution AB? Det här var helt galet. Han kunde inte mena allvar. Han skämtade med honom.

"Vi har diskuterat det ganska omgående och har insett att många bra saker på din avdelning beror på åtgärder som direkt kan kopplas till dig. Så vi vill pröva dig som USA-chef."

Torsten kunde fortfarande inte tro att det var
på riktigt det som Fabian sa.

"Men jag har ingen erfarenhet av USA, eller
av organisationsbyggande i den här
storleksordningen."

Fabian log och ruskade på huvudet.

"Vi kommer naturligtvis backa upp dig
ordentligt. Åtminstone till en början."

Torsten såg antagligen tvivlande ut eftersom
Fabian fortsatte.

"Du kommer naturligtvis få en helt annan lön
än den du har idag. Vårat förslag är att vi
tredubblar din nuvarande lön. Skulle det vara
okay?"

Det snurrade i huvudet på Torsten. Höll han på
att bli USA-chef. Bara sådär?

Hur skulle han göra med allt annat. Han hade
ju börjat ett nytt liv, med möbelrestaurering
och snickeriverksamhet. Hur skulle det bli
med det? Kunde han tacka nej till Fabian
Strömbergs erbjudande? Hur skulle det se ut?

"Ta med dig det här hem och fundera. Vi kan
väl träffas framåt onsdag eller torsdag. Kanske
över en lunch och diskutera vidare?"

De tog varandra i hand igen. Fabian log mot
honom och tryckte hårt hans hand när han sa.

"Som sagt, fundera på det. Vi vill ha med dig i laget."

Torsten kände sig rätt tom i bollen. Han skakade i hela kroppen. Fabians förslag hade gjort att Torsten fick en chock.
Skulle han ta tag i det här med Edgar på en gång? Det fanns väl inget bättre tillfälle. Han var ju ändå på väg att spy upp av chock och adrenalinpåslag. Så han tänkte att han lika gärna kunde gå och spy på Edgar. Eller kanske svimma framför ögonen på honom.
På väg från Fabian Strömbergs kontor så tog han alltså vägen förbi Edgar Olofsson. Han visste just nu inte vad han ville med någonting, utom då att han ville bli av med problemet Edgar Olofsson.

Edgars dörr var som vanligt stängd, så han knackade försiktigt på.
Edgar slet upp dörren. Stirrade på Torsten.
"Så där är du!"
Torsten gick in och satte sig i en av Edgars besöksstolar.
Lös problemet, tänkte han. Lös problemet.
"Jag köper tillbaka dina möbler och kör över dem i eftermiddag," förklarade han för Edgar.

Han såg på Edgar som verkade lite osäker på om det var det som han verkligen ville.

"Vad sa Fabian?" Undrade Edgar.

Torsten fuktade läpparna. Skulle han tala om att han hade blivit erbjuden tjänsten som chef för hela USA-satsningen? Han bet sig lätt i underläppen. Han ville inte svara. Så han fortsatte med sin föreslagna lösning av möbelproblematiken.

"Vilken tid kan jag komma över med möblerna?"

Edgar verkade osäker, fundersam. Han sköt på svaret och återkom till frågan om Fabian.

"Var det något intressant möte med VD?"

"Jag kan be min fru att boka ett släp åt mig så kan jag komma över med möblerna när det passar dig," förklarade Torsten som åter vände frågan om mötet till frågan om möblerna. Nu med en liten touch om lilla frun.

Edgar hade ju tydligen, enligt henne, blivit lätt förtjust i henne. Så nu testade Torsten den infallsvinkeln. Skulle han få svar på om det faktiskt var så?

"Ähh. Alltså. Mötet med VD. Vad ville han dig?" Edgar var nyfiken och gav sig inte. Han lätt lätt otålig då han ville veta.

"Det var dumt gjort av mig att skänka dina möbler till välgörande ändamål. Jag vet. Men min tid räckte inte och...ja. Min fru tyckte att det var storsint gjort av dig att skänka de vackra artonhundratals möblerna till Stadsmissionen. Hon visste inte att jag gjorde det utan ditt godkännande. Men jag köper tillbaka dem idag. Jag kan åka nu direkt och ordna det."

"Skit i möblerna," röt Edgar. "Jag bryr mig inte om dem förbannade möblerna."

"Nähä! Men, men...Har du skänkt möblerna till Stadsmissionen? På riktigt?"

Nu hade Edgar gjort det. Han visste inte hur han skulle hantera möbeldebaclet. Men på något sätt skulle han låta Torsten få betala för det. Men inte just nu. Han skulle hitta ett sätt. Men jsut nu var han mest fundersam på vad VD hade velat med Torsten.

"Kom igen nu Torsten. Vad ville VD? Det var väl inget hemligt eller?"

"Nä, nä. Han ställde bara en fråga som jag inte kunde svara på."

"Kunde du inte svara på en fråga?"

Torsten ruskade på huvudet.

"Han ville att jag funderade på den några dagar, Så han ville bjuda ut mig på lunch på onsdag."

Torsten kände sig väldigt nöjd när han sa det. Bjuden på lunch av VD. Det var väl inte vad de hade sagt. Bara att de skulle äta lunch tillsammans. Men det lät så mycket bättre om han sa att VD ville bjuda honom på lunch.

"Bjuda på lunch för svar på en fråga?" Undrade Edgar.

"Ja. En fråga."

"Vaddå för fråga?"

Torsten funderade ett ögonblick.

"Jag förstod den inte riktigt. Eller uppfattade den kanske inte som den var tänkt."

Edgar såg ut som ett levande frågetecken.

"En fråga som du inte förstod? Hur kan man inte förstå en fråga?"

Torsten putade med underläppen.

"Så var det i alla fall. Han frågade om den här USA-expansionen och om olika befattningar i den nya organisationen. Hur det skulle kunna se ut."

Edgar såg än mer frågande ut.

"Frågade han dig om den nya organisationen?"

"Nej, inte direkt. Han talade om den och frågade lite om min roll här och lite om den nya organisationen."

"Skulle du få jobba i den nya USA-organisationen?"

Torsten ryckte på axlarna.

"Det vet jag inte. Kanske."

Edgar ruskade på huvudet. Han såg en lång stund på Torsten. Så ruskade han på huvudet igen.

Han fick inga bra svar av Torsten. Skulle han få jobb i den nya organisationen? Varför hade VD frågat hans underställde Torsten om det?

Kapitel 15

Torsten satt på sängen och funderade. Han hade svårt att greppa allt som hände. Hans lärare hade precis ringt upp honom och sagt att det var en möbeltillverkare som ville tillverka och sälja Torstens multibänk. Det skulle inte göra honom rik, men det skulle kunna ge en liten nätt extrainkomst i form av royalties för varje såld möbel. "Multibänken Torsten".

Så nu var han både möbelrestauratör som snickare som möbeldesigner. Var det dags att starta eget och strunta i Mekanikbolaget? Han skulle förmodligen inte göra mycket pengar på sin verksamhet. Men han skulle, som det såg ut, kunna gå runt ganska bra. Framför allt skulle han trivas väldigt bra med sitt dagliga värv som möbelrestauratör.

Han kände att han hade svårt att fatta ett beslut. Speciellt så som allt nu hade blivit. Det hade varit en fråga om att våga. Att våga ta språnget ut i egenverksamheten. Men det kändes inte längre så. Han skulle våga ta språnget, men han kunde inte längre bestämma sig om vad han ville.

Det var ju det där med erbjudandet om den nya tjänsten som chef för den helt nya organisationen. Den nya USA-grenen på

Mekanikbolaget. Han skulle alltså få tre gånger så hög lön mot hans nuvarande lön. Det var oerhört lockande. Han skulle dessutom hamna högre upp organisationsstrukturen. Mycket högre än Edgar Olofsson. Något som verkligen skulle sticka Edgar i ögonen och som faktiskt lockade honom mer än han ville erkänna.

Bara tanken på att Edgar skulle avundas honom, gjorde att han kände sig lockad. Men han kände att han måste fundera lite till på det. Att knäppa Edgar på näsan fick inte vara den enda anledningen till att tacka ja.

Han behövde någon att prata med om det här. Vem? Skulle han prata med Christer?

På något sätt hade han fått stort förtroende för Christer Andersson. Det var ju faktiskt mycket hans förtjänst att det hade kommit så många beställningar på restaureringar till Torsten.

Han hade ju också uppmuntrat honom till att påbörja arbetet med "Multibänken Torsten" som nu dessutom verkade komma ut i produktion. På riktigt.

Han visste inte hur han skulle gå vidare. "Dags för en fika kanske lilla gubben? Du verkar så betänksam så jag tror vi behöver prata." Gabriella kom in i hobbyrummet. Hon hade en bricka med två kaffekoppar och varsit färskt wienerbröd på.

"Äh, det är inget speciellt. Har lite svårt att bestämma mig hur jag skall göra bara," svarade Torsten.

De satt bredvid varandra på sängen.

"Berätta."

Torsten suckade medan han funderade lite.

"Kära du, det är mycket nu. Något som jag inte har berättat för dig är att jag har fått ett erbjudande om en tjänst. En väldigt bra tjänst på jobbet."

Gabriella lyssnade utan att svara. Hon väntade på fortsättningen.

"Alltså. De har frågat om jag vill bli chef för den nya USA-divisionen."

Gabriella stannade upp mitt i en tugga från sitt wienerbröd.

"Vad är det du säger? Chef för USA-divisionen. Vad innebär det?"

Torsten ryckte på axlarna och vickade huvudet fram och tillbaka.

"Ungefär tre gånger mer i lönekuvertet. En plats i högsta ledningsgruppen och en massa människor som man är chef över och alltså har ansvar för. En massa resor och kanske delvis boende i USA. Vad vet jag?"

Gabriella såg förstummad ut. Det tog henne flera sekunder för henne att sina tankar för vad hennes gubbe just hade sagt.

"Men, men lilla gubben. Det är väl angenäma problem?"

Torsten log mot sin kära hustru.

Om jag tar den tjänsten så kanske vi måste flytta till USA. Jag vet faktiskt inte."

Det var kanske ett litet problem, eller också inte. Om det nu skulle vara så att det skulle vara ett problem så fanns alternativet att Torsten skulle få pendla mellan de båda kontinenterna. Ville han det?

"Dessutom," fortsatte Torsten. "Så har jag har fått min multimöbel, den som jag skissat på ett tag, att serietillverkas av en möbelfabrik. Det är en möbelfabrik i Dalarna som skall börja producera den."

Gabriellas ögon blev som två lysande pingisbollar. och hennes mun gapade som hålet i en fågelholk.

"Men det är ju fantastiskt. Vad stolt jag blir över dig."

"Men jag kan ju inte bestämma hur jag vill göra. Det lockar med den höga lönen, men jag tycker inte det är lika roligt att jobba längre. Men sen vet man inte hur det blir med den nya tjänsten. Det kan ju bli hur bra som helst.

Kanske blir jätteroligt. Men så vill jag hålla på med trä och möbler.."

Gabriella sa ingenting. Hon bara såg på Torsten. Det var hans beslut och hon kände att om hon sa något så skulle det kunna bli fel. Hon bestämde att han skulle få suga på besluten helt på egen hand. Hon trodde att han tids nog skulle känna vad som skulle vara rätt val för honom. Vad han än valde så bestämde hon sig för att hon skulle stå bakom honom i det beslutet.

De satt tysta några minuter. Åt upp sina wienerbröd och drack ur kaffekopparna. Det skulle inte komma några beslut där och då.

"Jag har något som jag vill berätta för dig, också." Förklarade Gabriella. "Du vet, din chef."

Torsten tittade på Gabriella.

"Edgar?"

Gabriella nickade.

"Edgar, som jag kallar för Evald."

"Vad är det med Edgar," undrade Torsten?

Gabriella såg lätt finurlig ut.

"Han har ringt mig."

"Ringt dig? När då? Varför då?"

Gabriella slog ut med armarna.

"Han ringde igår, men jag vet ärligt talat inte varför. Han hade lite svårt att uttrycka vad han egentligen ville."

Torsten så högst fundersamt på sin hustru.

"Men på något sätt så fick jag en känsla av att han ville, men inte vågade bjuda ut mig. Så han svamlade en del. Han pratade om fisketurer och annat som jag inte fick riktigt grepp om."

"Fisketurer? Ville han att du skulle följa med på en fisketur?"

"Vad vet jag. Han sa det mer som ett förslag för framtiden om jag kunde tänka mig att åka med. Någon gång i framtiden."

Torsten såg på sin kära hustru. Så log han brett.

"Fan, älskling. Jag tror att han är lite kär i dig. Kan det vara så? Min idiot till chef är lite småkär i min hustru. Det är ju galet ju."

Gabriella tog tag i sin "lilla gubbes" ansikte och kysste honom passionerat.

"Lite roligt är det. Och även om jag inte tycker att han är speciellt charmig eller tilldragande så måste jag ändå erkänna att jag blir smickrad."

"Så då blir det ingen fisktur då?" Torsten sa det med glimten i ögat och med ett varmt leende.

Gabriella blinkade åt Torsten.

"Det vet man aldrig. Det vet man aldrig."

VD bjöd på lunchen. De var på en av de finare restaurangerna ute på stan.

"Nå?"

Torsten hade inte bestämt sig. Hur skulle han förklara det. Fick väl bära eller brista. Eller snarare brista. Om han skulle tveka nu så skulle chansen säkert hamna hos någon annan. Men han kände att han inte kunde bestämma sig här och nu.

"Ärligt talat. Jag vet inte. Jag är tyvärr så obeslutsam så det är nog bättre att välja någon annan för det här jobbet. Någon som kan ta beslut. Jag kan inte ens ta detta beslut, så jag passar nog inte för jobbet," förklarade Torsten. Nu hade han svarat. Nu hade han bränt sina broar. Nu var det klart. Jobbet var inte längre hans. Tänk om Edgar skulle bli erbjuden tjänsten. Då skulle det vara ett totalt misslyckat beslut från hans sida. Fast då skulle han slippa Edgar.

Torsten gjorde ett försök att motverka ett eventuellt val av Edgar. Så ha sa.

"Någon extern, med erfarenhet från USA tror jag vore bra."

Fabian såg på Torsten med en allvarlig min. Så såg han ner på sin tallrik med den helstekta oxfilén. Han skar en bit från den. Stoppade in biten i munnen.

"Smakar underbart. De är riktigt bra här. Eller hur?"

Torsten följde Fabians exempel. Skar av en bit på den helstekta oxfilén. Tog lite grönsaker. Tuggade och sköljde ner med lite bordsvatten.

"Riktigt gott," konstaterade han.

"Fyra gånger," sa Fabian. "Fyra gånger din nuvarande lön?"

Torsten var förstummad. Menade han att han skulle få fyra gånger mer i lön än vad han hade just nu. Fyra gånger mer för att ta jobbet som USA-chef? Var de så inställda på att få in honom som chef för det, så att de betalade osannolikt mycket pengar för att få honom att ta tjänsten?

"Det är ju bara pengar," konstaterade Fabian.

"Jag vill inte verka omöjlig, eller besvärlig. Men jag vet inte om jag passar som chef. Eller om jag verkligen skulle klara av det. Jag…?"

Torsten visste inte hur han skulle hantera den uppkomna situationen.

Fabian såg på Torsten med skarp blick.

239

"Vi äter mat så kan du fundera. Så skall vi ha dessert. Så kan du fundera mera."

Torsten nickade. Jo, han skulle fundera. Fabian visade sig vara en oerhört trevlig person att äta lunch med. Han berättade otroliga anekdoter om sin tid som seglare. Han hade berättade bland annat att han hade seglat Gotland runt några gånger. Att han hade seglat ända ner till medelhavet en sommar i början av hans äktenskap. Tillsammans med sin fru, innan de hade fått barn.

Torsten njöt i fulla drag av lunchen. En lunch som avslutades med blåbärspannacotta.

Nu satt de där och såg på varandra.

"Nå?"

Vad skulle Torsten säga. Vad hade han att förlora? Vad skulle hända? Skulle han säga upp sig och bara börja jobba med sin snickeriverksamhet? Han suckade djupt.

"Jag är otroligt hedrad av erbjudandet. Men jag måste nog tacka nej. Jag har inte den kompetensen som krävs för att hantera hela den här expansionen. Jag vidmakthåller att ni bör ta in någon extern. Någon extern med erfarenhet från USA," förklarade Torsten.

Fabian Strömberg såg ner i sitt vattenglas. Han såg inte allt för glad ut. Snarare lite ledsen och faktiskt lite besviken.

Torsten kände att nu. Nu var det oåterkalleligt.
Bra eller dåligt.
Han skulle satsa på sin verksamhet med
möbler. Han skulle bli en riktigt bra
möbelsnickare. En som folk kunde känna
förtroende för. En som var värd att vända sig
till med sina möbler. Han skulle bli stolt över
sig själv, sina egna beslut och sin egen
kunskap. Det han inte kunde, och det var
mycket, skulle han lära sig. Så var det. Han
hade fattat sitt beslut.

Fabian Strömberg tog ett djupt andetag.
Fuktade sina läppar. Tog, oväntat tag i Torstens
ena hand med båda sina händer.
"Christer tror på dig. Han säger att du säkerhet
kan hantera marknaden i USA. Jag tror på dig
och ledningen tror på dig."
Christer, Fabian och ledningen trodde på
honom. Menade VD att de alla trodde att han,
Torsten Mårtensson skulle kunna få igång
deras verksamhet i USA, med allt vad det
innebar?
"Du skall veta att Christer har väldigt mycket
erfarenhet från USA," fortsatte Fabian. "Han
har jobbat många år i USA. Han vet vad som

krävs. Och han tror mycket på dig och din förmåga."

Torsten kände ett stort "Ooops!" Vad skulle han svara på det? Plötsligt trodde alla andra på honom. Han skulle få fyra gånger så hög lön mot vad han i dagsläget hade. Fyra gånger så hög lön. Vad var det som hände?

"Jag känner mig dum. Alltså, jag känner mig totalt förvirrad. Men allvarligt talat..."

"Hallå. Lyssna på mig nu. Jag kommer delge dig en sanning som ingen tidigare har fått veta från mig. Så lyssna och begrunda."

Fabian Strömberg verkade mycket allvarlig.

"Såhär är det. Många av de viktigaste besluten i min långa, och lyckosamma karriär kan jag tacka min mor för. Jag är gift och jag har barn. Men den som bestämmer väldigt mycket över mig och som vägleder mig i mycket. Det är faktiskt min mor. Under alla år som jag har jobbat på MM Mekanik & Distrubtion AB så har jag alltid rådfrågat min mor i många viktiga frågor. Och det skall du veta. Hon har alltid. Alltid haft rätt i det hon har sagt. Så tack vare henne har jag fattat många, mycket bra beslut. Så är det faktiskt. Jag vet att det låter galet. Men det är faktiskt dagens sanning."

Fabian såg ner i sitt, nu tomma vattenglas.

"Jag har aldrig berättat detta för någon tidigare. Därför vill jag att du håller det för dig själv. Och som jag sa så har jag haft många samtal med Christer om dig. Enligt honom så är du nästan överdrivet försynt. Men det kanske kan vara en fördel."

Fabian tystnade. Betraktade Torsten. Så fortsatte han.

"Jag förlitar mig till att vårat samtal, här och nu stannar här, mellan dig och mig."

Torsten såg ingen anledning varför det inte skulle göra så. Han hade ingen anledning att berätta om deras samtal. Vem skulle han berätta för och vad skulle han berätta?

"Som jag sa. Min mor har väglett mig många, många gånger och hon har alltid haft rätt."

Fabian var väldigt tydlig med att han litade helt och fullt på sin mor.

"Min absolut bästa och säkraste rådgivare, min mor har sagt att det är dig jag skall ha som chef för USA-etableringen. Så då litar jag, som du säkert förstår, till hundra procent på hennes omdöme."

Torsten studsade nästan baklänges. Fabian Strömbergs mor hade sagt att han, Torsten Mårtensson skulle bli chef för Mekanikbolagets USA-satsning. Vad visste Fabian Strömbergs mor om Torsten

Mårtensson? Hon kunde väl inte veta vem han var? Var nog något slags medium?

Torsten visste inte vad han skulle säga.

"Säg ditt pris," fortsatte Fabian. "Säg ditt pris."

Det var inte pengarna det handlade om. Eller, visst pengarna också men inte bara. Det var annat också.

"Er mor? Vad vet hon om mig?"

Fabian nickade några gånger, samtidigt som han log.

"Hon lämnade ett par pelarbord till dig som du restaurerade. Hon var mycket nöjd och tyckte att du var väldigt, väldigt trevlig. Hon tyckte att du verkade vara både duktig och framför allt tyckte hon att du hade en vägvinnande ödmjuk attityd."

Pelarbord. Som hn hade lämnat till honom. Torsten visste precis vilka pelarbord Fabian menade. Det var ju den där trevliga, äldre damen Beata Strömberg som hade haft dem. Beata Strömberg. Beata och Fabian Strömberg. Det var ju solklart.

"Jag bara hjälpte henne med hennes bord."

"Precis. Hon såg potential i dig. Potential. Hon tror på dig. Då tror jag på dig. Så jag vill ha med dig i laget. Vi vill ha med dig i laget."

Torsten funderade. Han var nu ännu mer
villrådig än tidigare. Han visste inte vad han
ville.
"Jag vet inte hur jag skall göra? Ärligt talat så
är möblerna det som drar mig mest just nu."
Förklarade Torsten.
Fabian nickade förstående. Lunchen var över.
"Fundera på det ett tag till. Om du inte tycker
att det fungerar så kan du alltid sluta och
återgå till dina möbler. Men ge den här
uppgiften en chans."
Fabian ville verkligen ha med Torsten i sitt lag.

Edgar såg Torsten komma gående i korridoren.
"Kom in på mitt kontor," beordrade han
Torsten som lydigt följde med.
De klev in i Edgara fyra modulers stora
kontorsrum.
Torsten funderade. Antagligen ville den stora
lufsen veta vad Fabian hade talat med honom
om. Så han ville förekomma Edgar. Gabriella
kunde vara ett bra inspel att testa testa igen,
kanske.
"Gabriella bad mig hälsa."
Torsten såg hur Edgar blinkade till ett par
gånger. Så drog han sig själv i sin högra

örsnibb samtidigt som han tuggade, utan att han hade något att tugga på.

"Så trevligt. Du får väl....hälsa...tillbaka. En trevlig kvinna du har där."

Torsten iakttog Edgar. Han var nog faktiskt förtjust i Gabriella.

"Du kanske kan ta med henne om vi skall ha något firma-event eller after work...eller nått?"

Riktigt förtjust, minsann.

"Det skulle hon nog uppskatta," svarade Torsten.

Några sekunders tystnad.

"Var det en trevlig lunch med VD?"

En trevande fråga från Edgar. Oväntat trevande.

Det hade varit en trevlig lunch. Skulle Torsten tala om för Edgar om lunchens syfte? Han kände att han ville göra det. Han ville framför allt se minen på Edgar. Han hade ju faktiskt inte tackat ja till tjänsten, ännu. Så hur skulle han gå vidare? Fast det var ju klart. Han behövde inte berätta för Edgar att han inte hade tackat ja.

"Det var en fortsättning på vår förra lunch. Om den där propån."

"Propån?"

Torsten nickade.

"Fabian Strömberg undrade om jag var intresserad av den nya befattningen. Han vill att jag skall ta den."

Edgar såg allt mer ut som en dumuggla. Han visade varken förvåning, ilska eller glädje. Han såg helt nollställd ut i ansiktet. Han försökte förmodligen koppla ihop det som Torsten sa med det som fanns med i de officiella utskicken som hade gått ut. Men han fick inte ihop det.

"Vilken befattning?"

"Nya chefen för USA-expansionen", förklarade Torsten.

Nu började Edgar likna en fågelholk på riktigt. Hans ansiktsuttryck som hade liknat en ugglas uttryckslösa betraktande, omvandlades till en ihålig trästam. Munnen gapade som ett stort tomt hål i Edgars förvånade ansikte. Han drog hastigt in luft, vilket gav ifrån sig ett läte som en snabb snarkning.

"Nya chefen? För den nya avdelningen?"

"Jepp. Fabian vill att jag tar hand om det. Vad tycker du. Jag menar, du är min chef. Hur ser du på det? Tycker du att jag skall ta tjänsten. Det är mycket ansvar."

"Skulle du bli chef för hela projektet.....USA?"

Torsten kände sig riktigt nöjd. Han såg på Edgar med tillfredsställelse. Edgar, som såg ut att göra en värdering av det han just hade hört. Han insåg att han kanske var på väg att bli omkörd i organisationsstrukturen av den som han faktiskt hade varit mest mobbande mot av alla sina underställda. Vad skulle det kunna leda till.

Kunde det vara möjligt? Ljög han? Var det osannolikt att Torsten skulle bli högsta chef för hela USA-organisationen. Men varför skulle det vara det? Det var ju vad Torsten just hade sagt till honom. Kunde han, den lilla skiten, ha missuppfattat VD? Men varför hade VD då bjudit honom på lunch?

"Det innebär också att jag hamnar i den högsta ledningsgruppen," fortsatte Torsten. "Så jag blir direkt underställd Fabian Strömberg."

Han gjorde en kort paus.

"Vad säger du?"

Edgar kliade sig frenetiskt på bröstet. Han var störd i hela sitt sinne. Vad skulle han säga.

"Fantastiskt," slank det ur honom.

"Fantastiskt? Vaddå fantastiskt," undrade Torsten.

Ja, vaddå fantastiskt. En från hans avdelning skulle bli högsta chef och projektledare för företagets senaste, stora investering.

Edgar visste inte om han skulle gratta Torsten, eller om han tala om för honom vilket enormt ansvar det skulle innebära. Vilka uppoffringar han skulle bli tvungen att göra.

"Fast jag har inte tackat ja," förklarade Torsten plötsligt.

"Inte tackat ja? Har du sagt att du inte vill ha jobbet?"

Torsten njöt av situationen. Han såg att Edgar ville veta mer. Han var så nyfiken, så nyfiken.

"Har du tackat nej? Vad sa VD då?"

"Nej."

"Nej?"

"Jag har inte tackat ja. Men jag har inte heller tackat nej."

Det blev åter tyst.

"Så är läget nu. Sen så får vi se," sa Torsten.

"Nu skulle jag behöva jobba undan en del."

Edgar nickade förstående mot Torsten. Han visste inte vilket ben han skulle stå på. Han betraktade Torsten uppifrån och ner när han reste sig från stolen och lämnade Edgars kontor.

Edgar tyckte inte att Torsten hade den pondus som krävdes av en chef. Visst, det gick väl rätt bra på Torstens avdelning, men.

Kapitel 16

Var det ett kaos eller var det ett kaos? Torsten stod inför sitt livs mest fantastiska valmöjlighet. Eller också inte. Han insåg att hur han än valde, så skulle han aldrig få veta om hans val skulle bli det rätta valet. Förutsatt att hans val inte skulle gå helt åt skogen. Då skulle han veta att han troligtvis hade gjort fel val. Men annars. Om det skulle gå bra. Han skulle trivas och pengarna skulle rulla in i en lagom strid ström. Då skulle han inte veta om det andra alternativet skulle gjort honom lyckligare eller rikare eller ännu mer nöjd med sin tillvaro. Lyckligare? Vad var lycka? Skulle han bli lycklig?

Lycka är väl att leva livet så gott det går och ta vara på alla tänkbara möjligheter. Det var vad som fanns framför honom nu. En möjlighet att ta tillvara en möjlighet.

Egentligen ville han ta semester. Han skulle bara vilja sätta sig ute i skogen. Kanske på en stubbe för att bara sitta där och tänka över sin situation.

Gabriella var klar över sin ståndpunkt. För henne var det solklart att han skulle tacka ja till det fina erbjudandet från Mekanikbolagets VD. Då skulle de kunna flytta till ett större hus. Ett hus där han skulle kunna bygga upp en riktig verkstad med ordentliga maskiner och verktyg, om det nu var det som han ville.

Barnen, som från början hade varit ointresserade av pappa Torstens valmöjligheter, började inse att de kanske skulle flytta till USA. Något som båda tonåringarna tyckte var både häftigt och spännande.

Utanför Torstens kontorsdörr stod plötsligt tre av hans anställda. Vad ville de?

"Vi hörde ett rykte om att du skall sluta. Stämmer det?"

Torsten funderade. Vem hade sagt det? Det var inte, vad han visste, officiellt ännu.

"Jag har fått ett erbjuden," förklarade han.

"Men jag har inte tackat ja."

De tre i dörren, med den unga rödhåriga Elin i spetsen, tittade på Torsten.

"Ett erbjudande?"

De tre visste att han eventuellt skulle sluta. Men de visste inte hur, till vad eller varför.

"Vem har sagt att jag skall sluta?"

De tre, som nu hade klivit in på Torstens kontor såg på varandra.

"Det var Edgar som sa att du var på väg bort från oss. På väg bort lät som du hade fått sparken. Men du pratar om ett erbjudande?" Torsten drog nervöst handen genom sitt tunna och glesa hårsvall.

"Vill ni bli av med mig," undrade Torsten?

"Absolut inte," förklarade Elin. "Tvärtom. Vi tycker du har blivit en bra chef, så vi vill helst av allt ha dig kvar. Du är bra på att ge oss ansvar och samtidigt ge oss stor frihet. Det känns nästan som om du lägger en stor del av ansvaret på oss."

Torsten funderade lite.

"Jomen det gör jag. Jag kanske inte kan eller vill ta något eget ansvar." Torsten smålog.

"Fast det tycker vi att du gör. På något sätt. Det är som om vi alla växer med uppgifterna. Och vi märker att vi klarar av det."

Torsten kände sig stolt och lite vördnadsfull. De berömde honom. Fast hans tilltag inte varit med avsikt på den uppkomna effekten. Han hade ju bara börjat strunta i sitt jobb. Slutat ta ansvar och bara låtit saker och ting flyta på. Så hade det, tydligen bara blivit så mycket bättre än han hade haft en tanke på.

En ny tankeställare, kanske. Om han nu skulle åta sig att bli USA-chef, så kanske han skulle försöka vara på samma sätt som han var nu.

Skulle det verkligen fungera? Han visste inte.

Vad var egentligen ledarskap?

"Jag har inte tackat ja, men..."

"Vad är det för tjänst," undrade Elin. "Är det hos någon konkurrent?"

Torsten såg förvånat på de tre.

"Kom vi går och tar en fika." Torsten ville förklara för sin personal.

De vandrade bort mot en av kontorets kaffeautomater.

Väl där förklarade Torsten.

"Jag har faktiskt blivit erbjuden tjänsten som chef för den nya USA-divisionen. Här på Mekanikbolaget alltså."

"Wow. Häftigt."

"Va kul. Grattis! Och vi som trodde att du hade fått sparken."

"Men jag har inte tackat ja. Ännu."

De såg förundrade på Torsten.

"Men även om jag tackar nej, så blir ni av med mig. Jag kommer sluta på avdelningen oavsett av mitt beslut."

Ännu mer förundran.

Torsten slog ut med armarna. Såg på sin personal, som han just nu. I detta ögonblick, älskade över allt annat.

"Jag vill bli min egen. Starta eget företag och skapa vackra, underbara och praktiska möbler för folkhemmen, om jag nu får använda mig av IKEA's uttryck. Jag tror i alla fall att det var dom som myntade det uttrycket. Möbler för folkhemmet."

De tre såg på varandra.

"Om du slutar, vem blir då våran chef?"

Det hade inte Torsten tänkt på. Skulle man ta in någon utifrån som chef? Var det Edgar som skulle bestämma vem som skulle bli hans efterträdare? Var då David Hellman given för jobbet. David Hellman som alltid varit lojal mot Edgar?

Det kändes mindre bra för Torsten. Plötsligt kände han att han hade ett ansvar mot sin personal. David hade blivit bättre och mer accepterande mot sin chef, ja. Men om han skulle bli Edgars underhuggare. Hur skulle han då agera?

Torsten såg på sina underställda. Han ville inte det här, just nu. Vad kunde han göra?

"Det kommer bli bra," förklarade utan någon större övertygelse.

Att lämna sina anställda i sticket, om han nu skulle göra det, skulle innebära att han själv därefter skulle tvingas stå ut med sig i själv. Alltså, efter att han hade bestämt sig hur han ville göra. De skulle "förlora" honom, oberoende av hans beslut.

Det var uppenbart att hans personal plötsligt ville ha kvar honom som chef.

De ville ha honom som chef, men han ville inte ha Edgar som sin chef.

Står man alltid sig själv närmast i alla lägen? Ett ytterligare bryderi inför Torstens val. Nu skulle samvetet också bli inblandad i hans tankebanor. Hade han några skyldigheter mot sin personal? Nej, det hade han inte. Han hade skyldigheter mot sig själv och sin familj. Och i ett längre perspektiv så skulle hans nuvarande avdelning ändå omvandlas över tiden. Några skulle sluta och andra nya personer skulle börja på avdelningen. Så var det. Men ändå kände Torsten att han hade ett ansvar. I nuläget hade han ett ansvar för sin avdelning och sin personal. Han skulle vara tvungen att försöka göra det bästa möjliga av detta. Frågan var bara hur?

"Hej lilla gubben." Det var Gabriella som kom vandrande genom korridoren.

"Gabriella. Vad gör du här? Vill du ha mitt kreditkort?"

Gabriella, som bar en djupt urringad v-tröja och var läckert sminkad som alltid, bara ruskade på huvudet.

"Nejdå hjärtat. Jag hade tänkt göra en visit hos din chef. Evald."

Torsten studsade nästan bakåt.

"Edgar? Varför då?"

"Kom hjärtat. Vi måste prata. Kan vi gå till ditt kontor?"

Torsten visade med all önskvärd tydlighet att det var okay. Så de vandrade iväg mot Torstens kontor, där de stängde dörren om sig.

"Vad har du ihop med Edgar," undrade Tortsen. "Han är inte bra. Inte för dig, inte för mig. Inte för någon."

"Men lilla gubbe. Det vet jag."

"Vad har du med honom att göra då?"

Gabriella log kärvänligt och lite överseende mot sin "lilla gubbe".

"Han ringde mig."

"Han ringde dig? Igen?"

"Jag sa ju det att han var lite intresserad av mig. Så han ringde och svamlade en massa obegripligheter. Jag förklarade att jag inte förstod honom. Så jag la helt enkelt på och åkte hit."

"Varför då?"

"Men lilla gubben. Spela inte dum. Jag vill
veta vad han vill. Så jag sökte upp honom här
och, ja."

Ville veta vad han vill? Vad ville Edgar med
Gabriella? Var hans chef på allvar intresserad
av Gabriella, eller ville han bara ha henne i
säng. Oberoende av vilket så tyckte Torsten
inte alls om det.

"Men han tycks inte vara på plats. Så jag sökte
upp dig istället," förklarade Gabriella. "Men
nu när jag ändå är här. Kan vi inte åka ut på
stan tillsammans?"

Det var väl en utmärkt idé.

"Kanske till centralbadet," föreslog Gabriella.

Torsten log.

"Varför inte."

***

"Har du bestämt dig? Jag tror att ledningen vill
sätta igång arbetet med den nya
organisationen."

Christer såg på Torsten, samtidigt som han tog
en ny bit med torsk och potatis från sin tallrik.

Torsten och Christer satt i personalmatsalen.
Torsten skar itu en av sina potatisar. Doppade
den i den ljusa såsen. Klämde på en bit torsk

med kniven på gaffeln med den såsdoppade potatisen.

"Är fortsatt fundersam," förklarade Torsten.

"Är lite orolig för min avdelning."

Christer såg på Torsten.

"Sen är det så, om jag skall vara ärlig. Om jag tackar nej så kanske Edgar får erbjudandet. Och det vill jag inte. Han är inte värd det."

Christer hostade till, som om han satte i halsen. Så skrattade han till.

"Skojar du?"

Torsten måste sett något dum ut. Han skojade inte. Varför skulle han göra det?

"Det finns inte på världskartan att Edgar skulle få det erbjudandet. Aldrig i livet.

Torsten tog in vad Christer sa. Men kunde han veta det?

"Men det vet man inte. Hur tänker ledningen. Han kanske..."

"Sluta," avbröt Christer. "Jag vet att han inte är aktuell. Så den issuen kan du lägga bort."

Jaha, tänkte Torsten. Christer var uppenbarligen helt säker på sin sak. Om han sa det så var det säkert så.

"Om jag tackar nej. Vad händer då? Jag menar, med tjänsten. Med min avdelning och med, ja allt?"

Christer ryckte på axlarna. Stoppade in en ytterligare tugga i munnen. Tuggade långsamt medan han såg på Torsten.

"Så du funderar på att sluta? Starta eget?"

Så var det. Trots att Gabriella hade försökt övertyga honom om att ta tjänsten för att få möjligheten att tjäna tillräckligt för att han skulle kunna dra igång sin egna verksamhet.

Torsten nickade.

"Allvarligt, ja. Vem tror du får tjänsten då?"

"Det blir en extern rekrytering. Så är det. Redan nästan klart. Fabian väntar bara på ditt svar."

Torsten svarade inte. Så det fanns redan en alternativ person att ta in för tjänsten, om han skulle tacka nej.

"Jag svarar VD imorgon."

De lämnade matsalen för att återgå till sina respektive kontor.

"Du skall veta att jag tycker att du gör rätt. Lev din dröm," förklarade Christer.

Torsten log, men kände sig osäker. Skulle det verkligen fungera för honom? Skulle han verkligen kunna gå runt med bara sitt amatörsnickeri? Skulle han kunna stanna kvar på sin nuvarande post?

På vägen tillbaka till sitt kontor så märkte han att han plötsligt stod utanför Edgars kontorsdörr.

Han knackade på och inväntade ett "kom in" från sin chef. Så klev han in.

Edgar såg upp från sin dator. Han nickade mot en av sina besöksstolar.

Torsten satte sig ner. Såg på sin chef medan han vägde orden i sin mun.

"Jag hörde att du hade ringt upp min hustru häromdagen."

Edgar blinkade till något. Lite nervöst och osäkert. Han svalde och fuktade läpparna. Så lutade han sig bakåt med armarna över bröstet.

"Eh, ja. Eh. Jag sökte dig.

"Mig? Varför då?"

"Jag behövde få månadsrapporten lite tidigare. Eh, Amanda ville få in uppgifterna tidigare den här gången."

Torsten såg på Edgar. Han verkade faktiskt aningen nervös. Han antog också att Edgar satt och ljög. Han trodde inte för ett ögonblick att Amanda ville ha rapporten tidigare.

"Varför ringde du hem till mig? Jag var ju här, på jobbet."

Edgar började klia sig frenetiskt på bröstet, samtidigt som han gjorde en grimas med munnen.

"Jag fick för mig att du var ledig. Men jag hade väl fel."

Torsten såg på Edgar. Han kände att det var han som satt inne med övertaget. Mobbaren verkade plötsligt liten, obetydlig och osäker.

"Om jag går vidare, hur blir det då med min tjänst," undrade Torsten.

Edgar såg lättad ut att Torsten släppte ämnet om hans samtal till Gabriella.

"Eh, ja. Eh, går vidare. Hur menar du?

"Om jag tar tjänsten alltså. Vem tar min tjänst då?"

Edgar blåste ut luft genom munnen.

"Det är inte riktigt klart med det. Men det får vi väl lösa på bästa sätt."

"Vad händer om jag blir kvar?"

Edgar såg fundersam ut. Det var stod klart för Torsten, att Edgar inte hade det med i sin tankesfär.

Torsten funderade på hur Edgar tänkte nu. Vad skulle hända och hur skulle han hantera Torsten om han skulle bli kvar på avdelningen? Skulle han återuppta sin mobbarattityd? Troligtvis inte. Nu var det rätt klart att Torsten var en av VD:s favoriter. Dessutom var det uppenbart att Edgar var intresserad av Torstens hustru Gabriella. Hur skulle han hantera det intresset om Torsten skulle bli kvar?

Edgar ryckte på axlarna. Han visade med all önskvärd tydlighet att han inte hade tänkt den tanken.

Torsten reste sig från stolen. Samtidigt flög en galen tanke genom hans huvud.

"Hon sa att ni skulle äta lunch eller middag eller vad det var. Gabriella alltså."'

Han så hur Edgar skakade till i hela kroppen.

"Ni får väl ha det så trevligt då," avslutade Torsten. Samtidigt som han lämnade Edgars rum.

Han funderade på om han ännu en gång hade gått över gränsen för vad som var acceptabelt. I värsta fall skulle Edgar börja jaga hans hustru Gabriella, för att få reda på vad de hade bokat upp. Det skulle kunna gå så lånt så att han skulle kunna åka fast för att "stalka" henne.

Fast, nej. Det var väl ändå för sent för att att ändra på det nu. Skulle han meddela Gabriella om vad han hade gjort? Nej.

***

Eftermiddagen satt Torsten på sitt kontor och vägde de olika besluten mot varandra. Han visste att han senast följande dag var tvungen att meddela hur han tänkte göra. Ett, ta den erbjudna tjänsten. Två, vara kvar på sin nuvarande post. Tre, säga upp sig för att starta upp en helt egen verksamhet.

Efter någon timme av funderande så hade han bestämt sig. Han tog på sig sin ytterrock för att ta sig hem.

På vägen hem tänkte han ta vägen förbi livsmedelsaffären. Kanske en tur förbi systembolaget också. En flaska vin för kvällen kanske. Han kände sig konfident i sina beslut. Nu fanns inga tveksamheter längre. Han skulle hem till sin kära hustru och annonsera sitt beslut.

Det blev ett par flaskor rött vin och en flaska vitt mousserande vin.

På affären lite fint kött, färdig kall bearniesås, fryst pommes och en del grönsaker.

På vägen ut också en trisslott.

Han stannade vid inslagningsdisken utanför kassorna. Han la upp den nyss inköpta trisslotten.

Med en tvåkrona, från plånboken, så började han skrapa den nyss inköpta triss-lotten.

"Plötsligt händer det", säger reklamen.

Plötsligt hände det. Torsten såg på lotten.

Ögonen fladdrade mellan de nyskrapade

fälten. Hjärtat slog en volt. Han kollade igen.
Kunde det vara sant? Samma resultat. Han
hade tre rutor där det stod en etta, följd av sex
nollor. En miljon kronor. Hade han vunnit en
miljon kronor? Han hade vunnit en miljon
kronor.

Mousserande vin. Nu skulle det varit
Champagne. Men vilken tur att han hade köpt
med sig mousserande vin hem. En miljon
kronor. Vad var det han hade valt? Han hade
valt att köpa en trisslott. Varför hade han
plötsligt köpt en trisslott? Han gjorde det
ibland. Nu var ett sådant tillfälle. Ett tillfälle
då det bara hände. Det helt osannolika.

Torsten Mårtensson befann sig nu i det läget
där han var den som själv kunde bestämma om
sin framtid. Han bestämde hur hans framtid nu
kunde arta sig. Han var den som bestämde.
Han var den som bestämde.

*En bättre framtid görs av den som vågar
göra sina drömmar till verklighet. Det är den
modiges värderingar och gränslösa
drömmar som kan forma framtiden. Den
framtid som hela tiden ändras och som
kommer till en bit för bit och där det i varje
ögonblick ges en möjlighet att ändra
framtiden.*